◆◇ 中国文学名家散文精选丛书

人生物语

薛桂英　著

江西高校出版社
JIANGXI UNIVERSITIES AND COLLEGES PRESS

南　昌

图书在版编目（CIP）数据

人生物语 / 薛桂英著 . -- 南昌 : 江西高校出版社，
2025. 6. --（中国文学名家散文精选丛书）. -- ISBN
978-7-5762-5626-0

Ⅰ . I267

中国国家版本馆 CIP 数据核字第 20246QF720 号

责 任 编 辑　陶裕果
装 帧 设 计　夏梓郡

出 版 发 行　江西高校出版社
社　　　　址　江西省南昌市新建区工业二路 508 号
邮 政 编 码　330100
总 编 室 电 话　0791-88504319
销 售 电 话　0791-88505090
网　　　　址　www.juacp.com
印　　　　刷　鸿鹄（唐山）印务有限公司
经　　　　销　全国新华书店
开　　　　本　650 mm×920 mm　1/16
印　　　　张　13
字　　　　数　160 千字
版　　　　次　2025 年 6 月第 1 版
印　　　　次　2025 年 6 月第 1 次印刷
书　　　　号　ISBN 978-7-5762-5626-0
定　　　　价　58.00 元

赣版权登字 -07-2024-1000

目　录

CONTENTS

第三辑
生活中的感动

第四辑
乐游山水

第一辑

人生感悟

事说"矫情"

经常会听到这样一个词:"矫情",查词典解释是"造作,做作,扭捏……"。虽然不是什么极具批评或侮辱的贬义词,但多数是用在说别人的时候,很少听到有人这么形容自己,因为多数人没有觉得自己有这样的毛病。事实却恰恰相反,不好说所有人,但绝大多数人都有这个毛病,可以说是通病,甚至用这个词批评别人的人,往往自己就有这个毛病。

不妨说一个最普遍的现实事例。如今的老人都把一个地方看作最不堪去的地方,就是养老院。一说去那里就如入狼窝虎穴,觉得那里的所有工作人员也如魔鬼猛兽。为什么呢,这就是一些传说和人云亦云的说道感染了一些人包括老人的思维和认知。

笔者不是办养老院的,也绝非为该服务行业说话或者别的。这里要说的就是一些送父母去养老院的子女的矫情。把老人送去了那里让人家照管,而又绝对不信任之。带着一种挑剔,怨恨的态度与其相处,甚至时刻做着与其打官司上法庭的准备。什么私自安装摄像头等等。试问在这样的环境下，谁还有心思拿出爱心来。再说，既然如此，你何不让老人在家由自己来侍候呢？

说到这儿有人会说：没有时间啊！那么，你照顾侍候自己的孩子怎么就有时间了呢？再说，学校或幼儿园，那么多人在一个教室，老师不可能只关心你一个孩子，孩子之间也不可能没有任何磕磕碰碰，你怎么不单独安装摄像头呢？因为不允许或者不能够，出于某种心理方面考虑，你也不敢那么做。

还有，老人住在养老院里，有几个儿女天天或者隔天去看望了呢，无须质疑，我们拿学校或幼儿园门口的景象和养老院门口比一比就知道了。说到底，还不是从心理上把老人当作了累赘，把孩子看成了希望，没有一视同仁来对待吗。这个观念这里不愿也不想做任何评判。

人还是真实和实际一些，否则和那句"既想做……又想立……"有什么两样。

有的子女既要工作也要照顾自己的家庭，把老人送去养老院更无可非议，如果这个"事物"真的一无是处，就不会产生和存在了。还有就是雇一个保姆照顾老人，远不如送一个较好的养老院，因为那里有很多工作人员和老人，他们既能相互监督，又有领导管理，有规章制度约束，愚认为较为安全有保障一些。

还是得为那些被年迈老人折腾的无可奈何的子女说句公道话，有个别老人的状况，的确把孩子折腾的实在无法正常工作和生活，送到养老院是各自的解脱。再就是有的老人已经没有了清醒的头脑，已经没有了幸福感和痛苦感，让他们在有人呵护的情况下，慢慢的离去，没有什么不可以的。我经常听到一些朋友和同事这样说：等我老了不能自理了，就去养老院，绝不给孩子添麻烦。何况，那里还有很多伴儿，看看别人也那样，自己也就释怀了。我觉得这样的观点很正确。

现在经常听到这样的话——有尊严的老去，有尊严的老去是你自己说了算的吗，是哪个人能说了算的呢？这只是一种理想心理，有尊严须是个人在有能力有个性有认知的前提下。可是人到了只剩下老迈、病痛，甚至痴呆瘫痪不能自理的时候，尊严谁来给？说到底还是那句话，以正常的心理状态活着，以达观的处世之道对人，以正确的生活理念对己，谁也不要矫情，不要罔顾现实。

与儿书之——
也要学会放弃

人们平时跟孩子谈的最多的理论观点是：执著。对理想的追求要执着，对事业要执着，做自己想做的某一些事情要执着，比如学习等等。但和年轻人说放弃，似乎话题有些沉重。其实我觉得，越是执着的年龄，越应该学会必要的放弃。

今天仅就一件事与你谈谈。还记得你丢失自行车的情景吗？至今想来我不禁暗自发笑。当时没有说什么，一是想你在痛苦之中，不愿再给你曾加烦恼，二是怕一说你，你难以接受。看你当时失态的样子，简直可以用痛心疾首、抓耳挠腮、大呼小叫、哭天怆地来形容。一会儿骂小偷，一会儿怨看门的老头，哪还有半点大学生的风度，甚至不像一个成熟的年轻人。

其实，不就是一辆自行车吗？既不是咱一个人丢，你也不是只丢了一次，有什么大不了的。可能你会说，那是我最心爱的自行车呀！是的，但你想过没有，在你的一生中，你知道会遇到多少得失。假如这次丢的不是一辆自行车，而是一辆名牌汽车，甚至比之更加珍贵也是你的心爱之物，你怎么办，难道你会为此跳楼吗？失去的不会再来，痛苦却已无益，为什么把那么多的情感做如此无意义的投入呢？你还记得吗？你回来是说丢车，你爸那样的脾气，但此时他也没说什么，最起码他知道批评你一顿也已无什么意义。

在人的一生当中，得得失失是常事，像这些身外之物丢了，更是常事中的常事，大不了再买一个同样的甚至更好的。有些失不复得的又能怎么样？父母亲人还不能跟去呢。如果一味心胸狭窄，遇事就头脑发热不能忍受，因烦躁而失控，将来如何经历应付大事，如何冷静处理一些问题。你可能会说：我不想有什么大出息，也不想处理什么大事情。但世事皆身不由己，"人无远虑，必有近忧"此乃至理名言，不可抗拒。你说你还年轻，是的，生命都是在稚嫩和年轻时吸取营养的，尽量去成就和完美自己，包括一棵小草，一只蝼蚁也不例外。否则，老之将至，为时已晚矣！希望你尽快成熟起来。

《资治通鉴》中有这样一个故事：汉灵帝时，太原孟敏一出行，途中不慎打碎了一个心爱的瓦罐，只见他掉头不顾，径直前行。名士郭泰问其故，他说：瓦罐已破，不复能用，顾之何益。他给人这样一个启示：在前进的征程中，我们应学会冷静思考，权衡利弊，并认定豁达开通远胜于苦恼烦闷。自怨自艾，可怜兮兮，哭哭啼啼，只能显出自己的窝囊无能，让人更加瞧不起。

有人说不要轻言放弃，比如学习，比如事业等等。也有人说要学会放弃，这并不矛盾。凡事都其特殊性，要看是什么事情，什么环境下。有时候，放弃也是一种风度，一种策略，就如打仗，撤退并不是逃跑。遇到什么事首先要往远处看，往大处想。要知道，前面有多少比这更重要的事情等着你去做，多少更有价值的东西等着你去创造和获得呢！

灵魂深处的
真实

　　很多时候，我们在现实中遇到的事情，看起来很清楚，总想去做一做，甚至觉得在其中有自己的追求和梦想。但当真的去一步步实施的时候，却又觉得那么遥远迷茫，抑或又质疑这是不是自己真正的追求。总之是那么懵懵懂懂。对待其他的一些人和事也往往是这样。这说明，我们的观察和欲望欺骗了我们自己的灵魂，脱离了灵魂深处的那种执念。诸事皆如此。

　　自从父母走后，无尽的思念总是萦绕在脑际，有时候那种空虚和失落感简直无法排遣。总是在想，怎么他们在的时候，就没有跟他们亲近过呢，如果他们现在就在身边，我一定会扑过去，亲吻我的母亲，拥抱我的父亲，首先用精神上的爱来温暖慰藉他们。有人说梦境是填补现实生活中失落感的最好方式，我也这样想。

　　有天夜里做梦，还真的梦见了失去的亲人，母亲就在老家院子里忙着什么，父亲也在，远远的看见祖母也在屋子里。可是我还如平常一样，并没有去亲近他们，还是做着当时自己的事情。醒来很懊悔，怎么就……禁不住泪眼婆娑。回想一下，如果他们还在，不就是过着这样平常平淡的生活吗？可此时就不这样想，就是想见到他们，近距离的亲近他们，有好多话要跟他们说。

记得有时候回老家，返回的时候就安慰着亲人说，我过不了多少日子就会回来的，知道是口是心非，知道是善意的谎言，但总是拿这样的话来安慰亲人，也是安慰自己。

母亲离开后有一次做梦，梦见我紧紧地搂着母亲，用额头亲着母亲的额头，一边叫着"好妈妈，好妈妈……"一边又疑惑地哭着问：娘，真的是你吗？细想，说明该梦并不是太沉酣，否则，就没有那样的疑问了。醒来不由得想起了母亲的一切。

母亲的脾气一向有些天真，喜欢养花种草，尽管常年在农田里忙着种植农作物，但也会把家里她喜欢的花花草草打理得漂漂亮亮、鲜艳可爱。每每我夸她的这些，她的脸上都会露出孩子般的笑容，并且会更加努力地去做这件事情。因此，我才能经常和母亲亲吻。有人说梦是不会说谎的，我信。

与亲人是这样，其他事情也是如此。比如我们在现实生活中，往往会有一些非常喜欢甚至想得到的东西，有一些想做的某一件事情，而如果在梦中遇见，却往往不以为然。为什么呢？这就是潜意识里不是这样的，你平常想的那些并没有触及到你的灵魂深处，相反也是这样。

记得小时候曾听一个战争时期打过仗的老人讲过这样一个故事：在一次战斗之前，大家检查武器正准备出发，突然发现连长和几个战士的枪上枪栓不见了，致使整个战斗损失很大。大家知道是有人破坏，战斗结束后进行调查。可这个人是谁呢？指导员出了一个主意，他悄悄地告诉了连长。连长听了觉得行，于是突然宣布，由于战争的复杂性和急迫性，要求晚上大家一起宿营。到了夜里，那个破坏者说梦话，把他受人指使如何如何都说了出来。故事无可置疑。

有句成语叫做"梦寐以求"，如此"求"之应该含有真实之意。但往往我们是先在现实中欺骗了自己的灵魂，践踏了自己的意志，蛊惑了自己的内心。最后也弄不清是真实的还是虚幻的，使自己在得失、利益、进退面前失去了判断力，往往等事情露出了真面目，方才怅惘、后悔，但为时已晚只有留予睡梦里哭或笑。

还是那句话，灵魂不会说谎，不会夸张，不会掩饰、也不会拐弯抹角。梦境往往是对灵魂最简捷的鞭策和最直接的拷问。灵魂深处，才是真实。

与儿书之——
要宽厚待人

　　你说有同学趁你不在时，用坏杯子盖儿跟你调了包儿，因为杯子盖坏的那样是不可能拿错而发现不了的。你很生气，跟她吵了起来……如果遇到我，也有可能这样做。但如果是较有涵养、注重策略的人，可能就不一样了。对此，说说我的看法。

　　如果断定是她，可不露声色，然后随便地告诉同宿舍的其他同学，让大家知道该同学做得不好，使自己的观点在大家的脑子里先入为主，然后表示：一个小小的杯子盖儿，不值什么，你不在乎，让人们知道自己的大度。然后跟大家说，可能问她也不会承认。那么，当你真得问这件事，她承认（或说拿错了）则罢，不承认则大家心照不宣，一笑了之。从此别人会怎么看她呢？那样可能是她失去大家的信任，你则赢得之。你的做法确是欠策略，这正如老虎和猫，动不动先露出牙齿和爪子，谁认为你善良呢？

　　话又说回来，为了一个小小的杯子盖儿而失去一个人值得吗？你说你看不起她的小家子气，你和她计较，你就大家子气了吗？你应该懂得，宽厚待人可能赢得别人更宽厚的待己（精神病患者另当别论）。这样的例子古今中外多的是，不需要我来枚举吧。你一个当代大学生，难道还不知道这个道理吗。人缘的力量，人格的魅力，是不可低估的。要记住，在一个集体里，除了自己，至关重要的是朋友。知道清代著名丞相张挺玉吗？他有这样一封家书："千里寄书为堵墙，让他三尺又何妨。万里长城今犹在，不见当年秦始皇。"这首诗的故事是尽人皆知的。

孩子，脚下路漫长，要靠自己走。故须策略处事，谦和待人，多动脑子，团结多数，把握自己，才能一路顺畅。

与儿书之——
朋友之间

你说朋友误会你你很难过，朋友离开你你很寂寞，意见有分歧，你难以理解……今给你写信，与你谈谈这些问题。

古人说：高山流水，知音难逢。朋友并非都是知音，知音者，志同道合也。朋友应有另一个定义。朋友不是无声的墙。如果你把全部的生活乃至生命完全托付依赖于此，他或她会感觉很累，就会由厌倦你的依赖进而厌倦你这个人。朋友不是橡皮泥，并不是你随意想让他干什么就干什么、想让其怎样就怎样，对自己如影随形。因为凡是人都有其独立的人格与个性，任何人都不会因做了谁的朋友就对谁唯命是从。这何其为朋友。朋友不是另一个自我，再知心的朋友，观点和思维方式也有不同的时候，甚至有时会相反。在某些问题上，他或她和你的观点相同，他支持了你或维护了你，而在另一个或一些问题上，他或她就和你观点不同或相反，不支持你。但是，人能有一次在自己处于劣势，在自己遇到困难时，能及时站出来支持你，帮助你，维护你的利益，强大你的力量，就难能可贵，堪称朋友了。 朋友间应进行心的交流，我看过一个公式：倾听＋倾诉＝了解，再亲密的朋友，时间久了也会有摩擦，碰撞。亲情也如此，如果能经常进行一些推心置腹的交流，便可增加更多的理解，从而可减少或避免一些误会，使友情长久不衰。另外，朋友之间的生活应是丰富多彩的，人各自都有不同的兴趣爱好，如果彼此相互通融，相互切磋，取长补短，会使朋友之间的友谊气氛相得益彰。还有，朋友之间也是距离产生美，如果科学的、艺术的创造点距离，如"小别"等，不仅不会疏远已有的情感，反而会使友情变得清新而亲密。

有这样一句话：首先你必须是一棵如诗如歌的大树，然后才有鸟儿飞来。谈到交友，我觉得这句话非常生动。交友与交什么友，皆取决于自己。与一个人交往，首先是因为看中了与自己的可交之处，对方也是。但并不因为你交往了他或她，就不允许其存在你不喜欢或不需要的地方或弱点（你认为是弱点并不一定真是其弱点。）朋友间是一种理解和包容。有人说：只有傻子才期盼别人理解。这话不错，作为一个人，能容能忍方为大度。只要求自己做到就足够了。朋友是心灵的家园。彼此都应是那"大树"，彼此的心又都是那想放松而栖息的鸟儿，对吗？

在长期的工作和生活中，我有很多见闻并由此产生诸多体会。记得在一个单位上班，我曾发现有两个人关系很密切，经常见之形影不离，偶尔其中一个对我说，和她在一起真累，其实我不愿和他在一起。我问，那为什么还在一起？她说："一是为了面子，二是她自作多情，我有什么办法"。还记得我刚到一个新单位，早听说这里有许多"是非"和"集团"，开始我谨慎从事，冷观一切。过段时间后，我拥有了一些朋友，发现并不是道听途说的那样，我照样活得潇潇洒洒。事实告诉我，只要自己心中阳光灿烂，就会觉得周围一片光明。朋友多，脚下的路就四通八达。

当然，交往也有交错了的时候，但毕竟是少数。但以此为镜，重新认识一个人反面的，对自己的成长和人生，也并非不是一件好事。

有句话叫"众星捧月""众口铄金"。健康而丰富多彩的交往，可使自己生活充实，工作乃至前程如花似锦。否则不仅是寂寞，甚而还会影响自己的前途和命运。日本一位心理学家说：人的性格决定命运。一个人善于交往，是一种向上的性格。

你看过团体舞蹈吗？其中一个人领舞，众人配舞。那领舞人，一会独自造型，出类拔萃，令众人仰慕，一会融入众舞伴中，和谐而热烈。人生大舞台，其实每个人都应是领舞人，有时独自，有时入众，方显其本色。否则怎么能在一个集体中生活，何况还要生活好。

人一生，要先学会做人再学会处事，这比什么都重要。大学可毕业，人生没有毕业。学历高也不代表素质高。为什么同是大学毕业，有的辉煌，有的晦涩，就是因为性格不同为人处事不同，进而所走的路不同，所以最后的结局不同。还记得你上中学时，我给你说过吗？五年内看一个大学生，十年内看一个成功者。

生活之路充满坎坷，但并不是所有的人都能碰上，就是碰上也是暂时的。有的人聪明成熟，遇到的坎坷就少，有的人愚蠢幼稚，那他的人生之路就会荆棘丛生。有人说，跌到了爬起来就是好样的。不错，但有的人爬起来总结经验吸取教训，领悟了今后的路，越走越好。而有的人爬起来还如从前那样，那只有一再重蹈覆辙了。

写了这么多，不知你能否认真读完。

与儿书之一
还是要跟你说一些大道理

接听了你的电话，觉得有必要跟你谈谈。你说不爱听大道理，但你应明白，有些道理是无数个人生历程的结晶。如果一个人一生总结不出什么道理，不仅他会在生活中跌跟头，而且他的人生将是迷惘的人生。

你说有的同学的行为令你很生气，简直无法忍耐。我不想对斯人斯事做什么分析，我只想从另一个角度谈一谈。那就是：换一个角度看自己。你说你现在也学会了忍耐。我想你的所谓"忍耐"只不过是带着怨，生着气，压抑着自己。这样的忍耐只谈得上是"忍"，而无法称得上"耐"。真正的忍耐是理智，冷静，客观的处事方法和策略。你知道"水滴石穿"的道理吧，那水是唱着歌儿，在坚硬的石头不知不觉上将之滴穿的。多少人把这种精神用在学习的刻苦，对生活或者事业的执著上，其实关键是那更深一层的道理，那就是以柔克刚。

一个人能下功夫把自己的观点加给别人这是了不起的，而如果一个人轻而易举的让别人接受自己的观点和意志，那才是真正的了不起（当然你的观点是正确的）。你已经经历了几个不同的学生集体，这一点你做到了吗？你做到过吗？你冷静下来思考过吗？一个人如果跟自己身边的人都不能处好，更何谈能到任何一个地方为人处事。如果简单的为人处事都不行，能谈得上有什么出息吗？

说到这儿你可能还不认这个理儿，那你就错了。告诉你吧，你现在只是从一个学校走进另一个学校，学生之间都还带有纯真和稚气，你还有重新选择和重塑自己的机会，而一旦走向社会，再不成熟就有些迟了。有一句话说得好："人生没有彩排。"凡事都能重新再来，人生却不能。

在这个世界上，除了父母至亲，再不会有永远原谅、包容、理解、甚至去适应你的人了。因此话又说回来，为什么让人原谅理解而不去学着原谅和理解别人呢！我曾经给你讲过一个少年学习跆拳道的故事。他学跆拳道的初衷，就是为了报复他们班里那个经常欺负他的同学。为什么当他学有所成后却放弃了初衷，而与那个同学成为了朋友？他之所以能丢弃以往的怨恨与烦恼，是因为他站得高了，境界高了。正如人，是不会在乎小狗小猫对自己的叫声的，哪怕那叫声里真的充满敌意。一位哲人说："一个素质高的人不会和比自己素质低的人争吵。"

我曾写过一篇文章，题目叫《心春》，如果你心里永远是春天，那么你看到的就是鲜花怒放，如果你心里是严冬，那么你满眼就是冷漠。

凡事皆心定，也即是自己的思维方式所决定。能容别人的人，方能为别人所包容。记得第一次和你看大海，那一望无际的深沉，那博大宽广的胸怀，使我非常感动。当那波浪随风打来时，你吓得一边跑一边喊妈妈。现在想来，那海浪是软的，但它含着内力与威严。人们赞美大海，但又对之心存畏惧。不过不会因为怕而不爱它，也不会因为爱而不怕它。你仔细想想是不是这个道理。

我不愿听到你懦弱可怜的声音，更不愿听你带有无奈的倾诉。为什么呢？因为你已不再是也不应再是受伤害时向妈妈求援的小孩子了。我希望看到的是一个成熟，理智，颖悟，有出息的孩子。我想这大概也是所有父母的一生所求，毕生所求。

与儿书之——

不是教训你

你说每次见面都会听到我们以教训的口吻说你。你离开后我就想起我们说过的话，以及你那不耐烦的样子。

是的，我可以自豪地说，你的确是一个很优秀的孩子，很多事情你所做得已经超出了我们的预料。正如你戏谑的说的那样，生下来怕你是残疾，结果你长得很健康。你小时候突然流鼻涕，我们怀疑你的鼻子有毛病，结果你只是患了感冒。你上学后我们怕你上不出个结果来将来没有出路，最后你也以优异的成绩大学毕业了。啊，那是因为我们第一次认真仔细地看一个最喜爱的婴儿并为他担心，是我们第一次注意一个孩子如何慢慢成长，也是我们第一次所萌生的对自身以外的一个人的最迫切的希望啊！如今你已参加了工作，证明了我们以往的那些担心是多余的，是杞人忧天。是的，哪个父母不是这样呢！希望以后我们对你的所有担心都是多余的杞人忧天（笑）。

其实，我们对你的那些所谓的"训导"，我自己回味起来又何尝不是觉得苍白和庸俗的呢。我也曾见过很多著名的人教育子女的言论，包拯教育子女不要做官，鲁迅希望子女不要做空头文人，而比尔盖茨从小给孩子创造玩的空间，让孩子学会玩。至于古今中外那些教育子女如何"无为"，如何"博爱"，那就更多了。由此，你是否发现，那些著名的人们，他们有的是怕子女走自己走过的路，重蹈自己的覆辙。或者，如比尔盖茨，他大可不必为子女的未来操心，因为他的子女无论走什么样的路，他都有能力把前面铺平，纵使子女错了，也有能力给他们重新选择的机会。而一般人的孩子就不同了，他们没有太多的选择机会，有的孩子甚至只许成功不能失败。

我记得看过一则小幽默：某富翁的儿子有次去香港的一个大饭店，一顿饭就消费了上万美元。后来该富翁去香港，一次就餐只花了一美元。有一个认识他的人跟他开玩笑说，你儿子一顿饭花一万美元而你只花一美元，这是为什么？他说：他爸爸是亿万富翁，而我爸爸是穷光蛋。还记得有一次我跟你闲聊，我说你将来有了孩子，是不是也逼着他学习啊。你不无认真地说：就看我自己怎么样了，如果我自己很行，就不管他，如果我自己不行，当然要管他了。你想，我们并非大圣大贤，自然也就超脱不出俗念了呀。我知道有时我们的那些俗论并不能说服你，抑或对你并没有什么帮助，甚至还可能成为你生活的羁绊，但我是相信你的分析能力的。正如你所说的：每个人有每个人的活法，世界上没有两个人所走的道路是完全相同的，别人的经验或教训只能作为借鉴。不错，物竞天择，适者生存，谁也不愿意别人超过自己，但唯恐自己的孩子不能超过自己。

世界上没有父母不爱自己的孩子，只有方法不同。但是孩子，并不是所有的爱都能化作具体的行动，因为有些事情并不是其力所能及的。

而只有一些通俗的道理也许最廉价，愿意送给子女，使之作为借鉴，哪怕孩子已经远远超过了自己。孩子，把父母的唠叨暂且当作古玩吧，可能现在它对你来说是一堆古旧过时的累赘，但随着年代的久远你会越来越珍惜的，甚至你可能还会传给自己的孩子。

与儿书之——不
愿你有一颗不
甘落后的心

今天想跟你说说话，也有几点体会讲给你听。

你说你正在开运动会，你有几个项目，很忙很累，但你是不是觉得很充实呢。因为这种累和苦是很少的人才有幸体会到的。所以你应该感到快乐，应该珍惜这段大学生活的每一个情节才是。你说是吧。

前几天你爸爸给你送东西回来，说都九点了你还没起床（当然是周末）。可他看见校园里已有很多同学正匆匆去教室，有的已进了教室。他说你是不是太懒了。我没说什么，如果真这样那可不应该啊！

还记得今年夏天，当你听到别人收到了录取通知书，而你还没有收到，你急得大哭，我们当时比你更难过，只是安慰你，一时是何等的无奈和无助。而当你得知录取通知书在班主任那儿时，你激动不已，马上跑到单位告诉我，我为之高兴得了不得。你想，有了这个学习深造的机会，无论如何也不可懈怠啊！要知道机不可失时不再来，而且每一个机会是不会重复出现的。

当看到别人玩，你应该想想自己是不是也该玩，当别人不玩时，你更应该想一想是否被他人落下。正如大家一起去爬山，当别人有的到了山顶，有的到了山腰，而你自己却还在山脚下，你一定会感到失落、寂寞和无聊。这时也可能有人会对你说：没什么，我们也会爬上去的。你是否想到，你的耐力和他一样吗？你的体力跟得上他吗？再说，就是最后爬上去了，与先者相比，你能对那山上的风景先睹为快吗？如果你奋发好胜，不畏艰辛，最先最快地爬上去，面对一个个后来者，你才会感到轻松，甚至会产生一股豪气。否则，只能是疲于奔命，或是望山兴叹，悔恨莫及。知识，学问，乃至才能，是从头一点一滴积累起来的，从开始就努力不会觉得累，等到了最后就晚了。

在家闲暇时我和你爸经常打扑克，有时牌很好，可由于高兴而疏忽了对方，最后却输了。而有些时候牌并不好，但我不露声色，暗自运筹，沉着应战，却赢了。还有时，你爸故意把他的好牌亮给我看，使我失去了自信而认输了。而事后我发现，他的副牌并不好，我要是积极运筹，坚持到最后，是蛮能赢他的。由于自己在他的诈唬下失了锐气，自甘认输，从而后悔莫及。这只是游戏，然而生活不正如这种扑克牌游戏吗？只要认真地、策略地、信心百倍地对待，往往逆境会变成顺境，甚至变成通往成功的光明大道。反之，顺境也会变成逆境，甚至由于松弛、懈怠、忘乎所以而导致失败。由此我又想起了你，你暑假在家和我们一起玩扑克，有时到结束时，你一看底牌不好，就马上扔掉了，事后一看，你本来是可以赢的，你懊悔不已。一句戏文里说，很多事情的成功，往往是在"坚持一下的努力之中"。要切记，凡事不能坚持到底，轻易放弃的性格，是所有成功者的大敌。我们经常在电视剧或电影里看到这样的情节：敌我两个人各执一支手枪同时指向对方的要害，这时谁先认输犹豫，谁就是先死的那一个。你看，这多么危险啊！你可能会说：这是戏。可现实中的物竞天择，不就是这样吗。人生中这种自甘落后的心态是万万要不得的。

　　愿你有一颗对学习孜孜不倦，对事业追求不已，对生活不轻言败的自信心。

有些事孰轻孰重

　　孔子说："鱼，我所欲也，熊掌，也我所欲也，二者不可兼得，舍鱼而取熊掌也。"这话很多人都知道，似乎也都觉得懂得其中的道理，但做起来却往往还是想二者兼得者多。其实这个世界上所做的任何事情二者兼得的极少，甚至没有。或者说这并不能取决于个人的努力，正如那句俗话说得更真实，"甘蔗没有两头甜"。比如你，每次我来，你总是热乎乎的难舍难分，并买很多好吃的想把我留下，有时候尽管你很忙，还是千方百计地想办法，看能不能送我去车站，甚至有时抱怨工作。你这样的心情我是理解的，你疼我，爱我。以前在你的"甜言蜜语"下，我把买好的车票退掉再多陪你一天。

　　细细想来，我觉得我很不该迁就你的小孩子气，正如你爸所说，你这样惯她，她越长不大。其实我知道你是个明事理的好孩子，但有时候把握不了自己的情感，所以当我说"你上班还是你送我对于我来说哪个更重要"时，你马上理解而明白地说："好的。"无须举古今多少这样的例子，仅仅发生在我的身边，就有很多这样的事情。

我的一个本院的爷爷，六七十年代在天津工作，人称为天津老客，由于技术好，月薪八十多元，这在当时是令多少人羡慕咂舌的。每次他利用公休回家探亲的时候，就会买很多东西带回来供母亲及其家人享用，就是我们那些邻里的孩子们，也能享用的他的那些好吃的，人们都羡慕地说他的母亲摊上了这样一个好儿子。每次返回时，母亲总是含泪相送，他每次看到母亲这样，总会下一次决心要辞职回家侍奉母亲，亲人们再三劝阻。终于有一次随了他的性子，他辞职回家了，和母亲住在一起。生了好几个孩子，房中的体力劳动使身体变差，加之那个年代城乡差别很大，农村的生活条件艰苦的很，他家年年缺粮，借粮吃饭，有时根本无暇顾及母亲，那股孝顺的热情早已变得心有余而力不足。母亲临终时想吃一顿肉他都没能做到，只有痛哭而无话可说。你海盈老爷就没像他那样，记得那年他母亲肾炎住进了医院，他们一家人东挪西借为母亲治病，当时人们劝他干脆回家乡种地多挣点公分，他不肯，坚决留在城里，就再给母亲凑够了住院钱的第二天，他安慰了一下母亲，委托好了在家种地的兄弟，毅然回到了城里的工作岗位。当时的工资也就几十元，他一边做工一边寻找适合自己发展的路子。终于命运之神垂青了他，他靠着自己的魄力和智慧，经过艰苦打拼，发展到今天的上亿资产，不仅他的母亲享尽了这个儿子的福，他所有的亲人也都得到了他的资助，后来人们都觉得他有远见。

人就是这样，有时为眼前的利益所满足，有时又被眼前的挫折所吓倒，但事实证明，呈现在眼前的现象往往带有欺骗性，放远目光永远是有益的。

孩子，要记住，只有自己站稳了，才能搀扶别人，包括你的父母亲人。

与儿书之——
生活就是角逐

你说你每当遇到什么挫折，心情苦闷、情绪低落之时，一个人走在马路上往往会想：如果自己被车撞了，死了，就什么烦恼和苦闷也没有了；可又一想，我若有个什么不测，我爸妈怎么办啊！就会抖擞了精神，觉得一定得好好保护自己。当时我听了你的这些话，非常感动，我很为自己有这么个通情达理的好孩子而感到自豪。

日本有一位心理学家做过一个调查，说百分之九十七的人在遇到重大压力或者挫折时会想到自杀。由此可见，生活在这个世界上，人人都会有灵魂坠入冰点的时候。但随着生活的磨练渐渐地成熟，能够正确面对，也就会感到轻松多了。我也有过那样的感觉。记得年轻时的那个年代，不是凭着考试竞争。看着自己所处的环境和条件，总觉得前途渺茫，找不到明确的目标，感觉活得那么无聊。特别是看到有的同学，他们的自身条件并不比我强甚至差得很远，却靠着门路关系上了中专大学，我就更加失落。

有时心想，如果放弃今生，再重新托生一次多好啊！有时就把这些失落和无助说给我的祖母听。老人家那么大年纪了，又没什么文化，可她说出来的话却掷地有声。她说："这才到哪儿呀，一辈子还长着呢，谁能看出谁最后的结果怎么样啊！欢欢喜喜地活着，到地头儿上直起腰，再说话也不迟。"我听了觉得她老人家说得十分正确，经常搂着她说："我的好奶奶，你怎么这么有知识啊！"她就高兴的不得了。每每我苦闷时，就把一些话说给她听，她总会有很多质朴的道理告诉我。以至后来那么多年，我若感到困顿，就想起这些，想起亲人们的嘱托和期望，心里也同你一样，充满幸福和牵挂。这牵挂一边让我艰苦奋斗，一边让我努力向上，让我不得彷徨和懈怠。还真是，老人家的话没错，多少年后，那些当初跑在我前头，走在我后面的，都渐渐的走到地头了，看看自己，还真不比他们差，甚至好些地方还比他们强。

如今这方面的感觉没有了，所有的只是达观和淡定。可每每看《动物世界》，总会产生一些感想。

一次看角马的迁徙，故事从一只小角马的出生开始。小角马生下来必须在几十分钟甚至是十几分钟内站起来，然后跟着妈妈同群体奔跑，否则就有被狮子或鬣狗吃掉的危险。当小角马长大融入群体后，它们要面对的将是更大的考验。一次他们要穿过一条小河，河水虽然并不太深，但里面却有很多鳄鱼，角马们既要设法避开鳄鱼的吞食，又须迅速过河逃脱狮子的追捕。终于，一天它们来到一片叫做恩都图的湖前，这里岸上没有狮子等食肉类动物，湖里也没有鳄鱼，然而湖水里含有浓度极高的酸性物质，小角马们如果在湖里呆的时间太久，就会受到强烈的酸性腐蚀而失去生活能力。尽管如此，它们还是靠着自身的本领和顽强的毅力涉过湖水，虽然它们有的被腐蚀了毛皮，甚至有的被腐蚀掉了一块肌肉，但它们最后还是到达了目的地。

还有南美洲的一种树蛙，那是一种碧绿色的小蛙，别看它们个头不大，却有着很强的生活能力，被誉为热带雨林的佼佼者。雌蛙产卵时，要千挑万选，把孩子生在一个既能掩护又湿润舒适的大叶子上。当卵孵化成小蝌蚪后，它们就要面临考验了。小蝌蚪一旦成熟，必须马上跳入下面的水里然后迅速游走。如果它跳得过早，尾巴没有长到合适的大小，它就会因为身体无法保持平衡窒息而死。如果它跳得晚了，尾巴就会长得过大，使体重增加，因为游泳太慢而被鱼类吃掉。你看，这些被人们认为低智商的小蝌蚪，一生下来懵懂之中就须把握那么多的生存知识和道理。但活下来的那些小蝌蚪一旦变成树蛙，它们就又自豪地生活了。虽然它们随时会遇到蛇、食虫鸟之类的敌人，但它们并不因此而放弃快乐和生活。

大千世界，无不如此。无论是低级的生命如角马、树蛙，还是自诩为高级生命的人，都是在这种坎坎坷坷的夹缝中生存下来，只不过有的人比较着付出得多，生存得苦一点罢了。命运之神不接受贿赂，阳光和阴雨对于生命是平等的，绝不会厚此薄彼，只要我们把生命这个资本经营得尽量科学合理。狮子有狮子的难处，角马有角马的快乐，树蛙也有树蛙的闲适。

这是我看《动物世界》的一些感悟。人不也是这样吗？说到人生感悟时，有人说："不要轻言放弃。"有人说："要学会放弃。"各是对不同的状况而言，各有道理，但有一点是相同的，那就是放弃与不放弃都是指身外之物。只要珍惜生命，有这个最根本的资本，就不愁没有盈利的机会。记得有一次我们闲扯，有一个同事与我开玩笑说，若是几十年前，你还是一个乡下土妮子，要去我们部队大院，我们绝对会把你撵出来的。我说这个我绝对相信。但几十年后，我们不是同室办公吗？而且什么条件也不亚于别人。说的同时我还有一种自豪感，因为我所有的一切，完全是我自己创造的，我说这叫殊途同归。

人就这样，本来的大不同至后来的殊途同归，自己经历的过程却谁也说不清。其实说不清就对了，未知就是希望。这是我早就写的一篇文章的题目。只要自己先努力了，最终不后悔。有人说人生就像正弦函数曲线，有高有低起起伏伏。我说不完全正确。正弦曲线是有规律的，只要掌握了那个规律，最大值时不忘乎所以，最小值时有心理准备，知道接下来就又是最大值了，怕什么。可人生没有这样的规律，一切在不可知之中，如摸着石头过河，令悲观的人或愁或怕，令乐观的人充满未知的希望。我们没有能力把握命运，但我们都有自由选择人生观。

至于命运如何安排，随它去。

美殇

世间有一种美，叫美殇。

很多时候，人的感情认知是因身边环境而决定的。最简单的如我们身边景物变化，可以直接影响着我们的情绪，人们往往在某种情绪的左右下去审美。

例如春天，我们被一种生机勃勃的自然环境左右着，情绪昂奋，看着满眼都是美。很多时候我们还没欣赏够呢，那花就匆匆地谢了。尤其春天的落花，人们惯用落英缤纷来形容，为什么呢？因为那花虽然落下，但绝不是干枯，更无丝毫老损，依然如在树上一样鲜艳美丽，有种英年早逝的遗憾，让人看着会生出无限的怜爱和惋惜之情。幸亏这一茬刚谢，下一茬就又在我们的不知不觉中涌上来，我们看见的依然是满眼的花红柳绿，心里也充盈着满满的美感。

季节里，也有这种美的失去，花开花落，叶枯叶黄，云飞霞没（mo），雪飘雪融，无论如何，它们都是在匆匆之间去了，有谁见到过它们丑陋不堪的样子呢！不过在感受这种美的同时，还有一些说不出的惋惜之情，在惋惜逝去的同时又怅惘当下的短暂，总之那种感觉是很丰富的。再说那落花也知趣解人，离开枝头就迅速不见了。或被绿草遮盖，或为泥土掩埋，哪怕飘落风雨深处，留在记忆中那精致玲珑楚楚动人的样子，依然让人凄凄怜之。最后它们消失了，这样的结果应称之为花殇。

就人类本身而言，不妨以文学作品为例。我们都读过《红楼梦》，就是没读过原著，也看过了电视剧。人们有一个共同的感觉应是林妹妹的美，从而生出无尽的爱怜。

这里抛开其他所有的观点不说，仅仅就表面，浅说其在人们眼中心里的美感。从第三回林黛玉初进入荣国府开始，人们就先入为主的把她的那种是悲非悲、孱弱病容、一颦一笑的姿态印在了心里。接下来，她的伤春悲秋、惜花怜草、孤僻清高，更进一步把她那种独特的气质魅力展现出来。在其的生活中她始终与花为伍，与美为朋，及至她的葬花吟"质本洁来还洁去，不教污淖陷渠沟"，就是最后美殇的序幕和伏笔。特别是林黛玉夭折前后的心态和形态之美，那凄凄弱弱婀婀娜娜的美，不仅会留在我们的眼里，而是在人们的心中已经存之久远。甚至一想到那种凄婉之美，就会想到她的形容。为什么呢？因为林妹妹是在自身的一种绝美中走的，她虽然一生与悲伤相恋相伴，但那样的环境家境背景，从未损于她美好的形象丝毫半点，甚至可以说她的那一种凄婉之美，也正是那样的条件和身世所营养创造出来的。

由此开头的"绛珠神瑛"之说，也一直时隐时现的贯穿其中，开头的美与结局的美结合起来。所以美得让世间无法比拟，用俗语不能言表，正是殇于美，而且美于殇。

贾宝玉最后的结局也是美，他真正的走谁也不清楚，更没有看见，只有他父亲看见了，而那种看见却是美的虚化，美的超然。不言不语，向其父拜了三拜，身披一袭大红星星毯，在白茫茫雪地里作歌曰："我所游兮鸿蒙太空，我所去兮，太虚幻境……"他没有死，但也难于再让世人所见，与林黛玉相比，留下的也是一种美，也无异于一种美殇吧！假若林妹妹是在穷困潦倒中而死，贾宝玉如八七版电视剧拍摄的那样结局，那美就大打了折扣。可见，曹老先生也愿意用其神来妙笔给后人留下一种完美吧！

除了文学作品，现实中这样的事例很多，纳兰容若英年早逝，不仅给人留下形象之美，更留下了诗词之美。"谁念西风独自凉？潇潇黄叶闭疏窗。沉思往事立残阳。被酒莫惊春睡重，赌书消得泼茶香。当时只道是寻常。"但人们在读他的诗词时，会很自然地把他的应有之美，使之在想象中完美地结合起来，感伤和感念之。

自然物事如此，生命更是如此。有人曾观察研究说，很多野生动物（绝非人类饲养的）在离去时，是不会让同类看见其不堪形象的。据说鹰离开这个世界时，会飞得很高很高直至看不见了，很多鸟都是这样。猫科动物会自己先独自离开群体选择一个隐蔽的地方默默死去。所以在我们的印象中只有它们美丽和活泼可爱的身影。

林妹妹及纳兰容若们也好，其他生命也罢，他们（或它们）没有被人们见到老耄和不堪，而是在人们心中尚存其年少美好而逝，让人想来如烟花绽放似流星划过夜空。这种完美的结束，即是美殇，同时也以其殇而美。

之所以我们一直觉得它们很美，因为没有看到它们的颓败，只看见它们以美的形式始于天然终于天然，也即美殇。

诗的诞生地，都是美的

　　如果你是一位诗人，当看到春天的桃林杏行一树树花团锦簇相继竞放，春风徐徐中，原野里那隐忍了一冬的生命，它们以不同的形式千姿百态地展现在你面前，以万紫千红的色彩装点你眼前的世界，当那莺莺燕燕在你的耳畔婉转歌唱时你会不会有一种把它写下来的冲动？

　　当你站在一片草地上静静地欣赏着风景，那蜂飞蝶舞充斥着你的视觉时；当夏日里蓝天碧空下，那一望无际的深绿茁壮冲击着你的脑海时，你会有什么样的感想？

　　当秋日里那秋实累累，百果飘香，秋风拂面，逐渐肃杀中金黄漫舞、丹红盈目的时候，你会产生出什么样的感慨和情愫？

　　当冬日里寒霜覆地，大雪纷飞，"山舞银蛇，原驰蜡象"的时候，回想走过来的四季美景，你的心是不是会一直被那风花雪月、山水田园的大美所震撼。这些感动随着你的想象，加上你丰富的情感，通过你的艺术造诣，会一股脑的涌向笔端，使它们成为你妙笔生花的最佳题材。定然如"晴空一鹤排云上，便引诗情到碧霄"了。这样的风景不仅是诗人，一般人见了也会感动，哪怕是"啊！哇塞……"媲美穿越千年的"吭育，吭育"……

写风花雪月山水田园如此，写其他也是如此。

如唐代王维有一首《观猎》其中有"风劲弓角鸣，将军猎渭城。草枯鹰眼疾，雪尽马蹄轻。"在那样的背景和环境下，诗人看到的是将军拉弓射箭的飒爽英姿，是雄鹰起落、骏马猎猎奔腾的不同健美，诗人内心是热的更是美的。

很多诗人在悲伤时，而且尤其是悲伤时，那诗情就更感人，因为那样的诗是和着泪和血写出来的，如苏轼在他的《江城子·十年生死两茫茫》中，想起亡妻是那样的思念悲伤，但他的心里还是浮现出如梦般的美好，"夜来幽梦忽还乡，小轩窗，正梳妆。……明月夜，短松冈。"此时此刻，无尽的思念悲伤和亡妻的美一起充盈在心中，更深处是一种变异神化的美在诗中。

至于写四季美景情景感怀的诗词就更多了，不胜枚举。正如没有绝美西湖盛景就没有杨万里的"接天莲叶无穷碧，映日荷花别样红"，李白胸中如果没有大美绝伦的凌云丘壑，也不会梦游"天姥"。就是有时悲伤或者难过，诗人的心情也会暂存一定的舒缓，从而酝酿出让人读来顿感愉悦解脱的诗句。当代年轻诗人海子写"面朝大海，春暖花开"，无论他之前或者之后的心情和境况如何，可以肯定他写这首诗时的心情和感觉是美好。

诗，是诗人的歌，是诗人的魂，是诗人的情，诗人的爱，是诗人的一片丹心在不同的背景和环境中，激发和提炼出来的精灵，是诗人的境界和浪漫情怀与现实相结合的升华……每一首诗都是美好心灵的展现。所以说，每一首诗的诞生地都是美的。这地，不仅仅是景物，更是诗人的心灵。

归宿

　　每每暮春时节，看到一朵花谢了及至一片片花雨飘落，不仅有种莫名的感觉在心中，是惋惜，是怅惘，也或是一个阶段自然结束的欣慰，总也说不清楚。这花就这样凋谢了吗？这个花季就算结束了吗？才短短的十几天，几天，对于某一朵或某一个种类来说，可能更短暂，甚至一天或几分几秒。继而更想到它们的归宿，总不会被林妹妹收入锦囊，葬于花冢吧！就是那大观园中的花儿，也未必都有如此美好的命运归宿吧！就这样想着，想着……想到很多生命的盛衰及至归宿，以至联想到我们自己。不禁回想到了儿时，想到了中年，想到了暮年……

　　记得很小很小的时候，有一天家里请了几个木工，来家里给还健在的曾祖母做寿材。因为有好吃的饭菜招待，我可以随时跟着打一下牙祭，所以对于我来说除了热闹高兴外，不会想到很多，也根本不知道这是做得一个什么物件。有一次我问负责给曾祖母打造寿材的三爷爷："爷爷，这是做得什么呀？"三爷爷抚摸着我的头说：这是给你老奶奶打的寿材呀！我说："这不是大卧柜吗？"因为奶奶的屋子里就有一个卧柜，三节的，泛着亮亮的暗红色，很好看。三爷爷认真地解释说：这不是你想的那样的卧柜，这是装人的，你老奶奶年纪大了，将来有一天她走了，就到这里面去睡。

我懵懂地看着三爷爷，看着他的脸上出现不同的表情，似是悲伤（当时我觉得他已经不是笑眯眯的样子了），又似是高兴。因为故乡的传统说法是趁高寿的老人还健在时就为之备下寿材，一是显得子女孝顺重视，二是能让老人更加长寿。我茫然地看着三爷爷，他当时的心情一定也是很复杂的，他会想到他的母亲，她对他的关爱，亲人的归宿……等等，可能会更多更多，只是我不懂。还记得曾祖母曾看过几次那个寿材，说很好，很喜欢，脸上还带着幸福的微笑。

后来曾祖母真的走了，就睡在了那个大大的"卧柜"里，大家都在哭。记得临扣上棺盖时，三爷爷两手扶在棺材的边缘，看着曾祖母的遗容深情地问："娘，这个寿材您满意吗？……"屋子里的哀声渐渐停下来。这是我第一次经历这样的场合，第一次看着一位疼我爱我喜欢我的亲人以这样的方式离去。虽然我有很多的不明白，但过后从爷爷奶奶们以及父亲他们的言语里，我模糊的能听出他们对曾祖母的归宿是满意的，甚至，言语深处他们还流露出些许的满足和自豪感来。

及至大了，我终于明白，把亲人的归宿安排得当，应该是晚辈成功和满足的一个重要方面。后来看到其他的人们也是这样，送走自己的老人，为他们安排好归宿。再后来，我亲见亲历了亲人的自然离去，他们没有离别的悲伤，没有遗憾。作为晚辈的我们也很安慰，尽管依然还是那深深的刻骨铭心的痛苦和悲伤，但想想那没有遗憾的归宿，心里还是释然和平静的。

这归宿对于不同的人来说，是肉体的，精神的，灵魂的。细细想来，无异于那花，那草，那世界上所有鲜活可爱的生命，或漫长或短暂，都是一生。就如春日里那些娇艳可爱的花，当必须凋谢时，安排它们的是时令，是季节，是风云变幻，是寒暑轮回，无论它们飘落在哪里，都是必然的归宿。我们见而不惊，花们大概也是如此吧！从另一个角度去想，任何情景事物，都经历这么三个阶段：开始——过程——结束。

所有的事情有了结果，无论是否预期的，都意味着放下和结束了。不管是生命本身，还是我们为之赋予了生命和灵魂的所有事物，都是这样。这样的结果被时空储存起来，达到永恒，就没有什么可感到惋惜的，痛苦的了。曾听一位朋友说，他们给父母买好了一块墓地，一家人包括父母在内都很喜欢那里的风景。老父亲还经常去那里转转看看，并不无乐观的对子女们说：这是我们最后的家，我们将来就在这里了。子女们听了也觉得很好，似乎老父亲的达观让他们减弱和淡化了别时的痛苦和悲哀。

世间所有生命，花木鸟虫飞禽走兽，都是一场旅行，只是路程和时间不同，所谓归宿，就是从一个过程的结束到另一个过程的开始；从一个形式的相见到另一个形式的相见。可以说是从真实到虚化，从眼前转移到心里，很好。想到这些，不仅不是痛苦悲伤加重，而是能达观的想到人生规律的使然而释然。

再看那花开
花落雪

这一场大雪，断断续续下了三天三夜。

每天不仅是白皑皑颜色相同，而性格也无异。就是都喜欢夜间潜入，无声无息，似乎怕惊扰了谁，又似乎故意让人惊异。不是吗？每天清晨起来，隔窗望去，又一个高低突兀的银装素裹。走出去，又一个更大更美的银白世界把你包围起来。走在熟悉的小路上，脚下发出"咯吱咯吱"的声音，微弱而又清晰。这声音伴着心跳和谐的共鸣着，既悦耳又不得不让人警惕。因为每天被扫过的路面都会结上一层薄薄的冰，又被一层层新的雪覆盖，稍不注意就会滑倒。

雪不愠不火，不疲不倦，好像在有目的地描绘着织就着。前者走过留下的一串脚印，很快就会被填平，后者再走上去，又是一串新的脚印，所以不得不好奇地回头看看，自己留下的痕迹是什么样子的一幅画面。这种画面比起其他风景来，可堪称是弥足珍贵的，很有幽默意味的。因为平日里我们是不会经常回首看自己走过的足迹的，何况也留不下看不到，再说了，这样的大雪佳境，一年中我们能有几回遇见呢？！

走在这样的雪地里，心情首先可以说是一种别样的感受。似乎人生的天地变得宽广起来，道路变得平坦起来，天地变得高远而神秘起来。然而，说到神秘，又不得不说复杂起来。你想啊！那些本来清清楚楚展示在眼前的东西，比如坑坑洼洼，比如石头瓦砾，比如什么什么难预料的。在自己还没完全清楚甚至是不知道的情况下，就那样一夜之间被彻底掩盖起来了，让人无法躲避或者绕开。怎么办？所能做的就只有警惕和小心。我们经常说这样一句话：假如人生能重来……那么，此时此刻，你就如重新走在一条陌生的道路上，须小心前行，否则跌跤滑倒是在所难免的。呵呵，这场大雪竟然为我们增长了大智慧。

这场大雪，不仅是一幅绝美的冬季风景画，更是一幅人生百态图。是恨是爱，是褒是贬，是喜是忧，不同的人有不同的感受。

皑皑天地之间，纷扬鹅毛之下，可谓孩子们有雪仗可打了，文人有诗作雅客有雪赏了。

走在小路上，我看见在园林里，在路两旁，但凡是有雪的地方，都有披氅裹裘的拍照者，有行色匆匆又不得不小心翼翼的赶路者，有抓雪投掷笑语嫣然的孩子，有匆忙驾车的上班族，更有喜忧参半的外卖小哥……

走着看着想着，我仿佛回到了童年时光，大雪纷扬中，我们跑出去玩耍，回来变成白发少年的天真可爱；我仿佛回到了青年时代，为解决一道难题，不惜冒着大雪求知于几十里外，那一路的寒凉，只是因为心中的目标和追求；我仿佛回忆起我的壮年时期，踏着尺厚的大雪，心急急而行慢慢，向着家的方向前行，因为亲人在等我……

我仿佛看到，一望无际的原野里，绿油油的麦苗，正躲在厚厚的棉被下幸福的微笑，而它们的主人，也正在"瑞雪兆丰年"的古老理念里憧憬着，这里面，也曾经有我的祖辈和我的父辈。

一场大雪，如一部大书，你纷纷扬扬，我洋洋洒洒，下出了大风景，下出了大智慧，下出了人生百态。

网

一个小蜘蛛，在我们看来没有任何构造条件的情况下，就那样造就了自己的生活和梦想——一张艺术精致的网。很不可思议，而又那么的富有神奇的创造性。

这只是按照我们的思维方式去想象的，而小蜘蛛可能想得更多更复杂，我想最起码是这样的。因为在我们看来，这只是一个蜘蛛赖以生存的蜘蛛网，甚至一个捕捉食物的工具。而对于它，何曾不是一个理想的，一生渴望和奋斗的目标家园呢！

说到网，大概我们首先会想到蜘蛛这个小小精灵，因为它是在这个地球上生存最早的生命之一，据考察已经存在了四点一亿年了。由此我们不难想象到，这个"网"字，应该是它们给我们最早的提示和形象化的标志。只要我们看到网，就会想起那些触碰到这个玲珑小网上的一切小生灵，在整个过程以及最后时刻的情景。

而人类的我们，首先想的大概不仅仅是这些，而更注重的是形式。

延伸至让我们想到渔网，那看似柔软的，四处都是孔洞的尤物，在之初，所有的水族大概都没有把它放在眼里。渐渐的，当一个个尝试者成为"盘中餐"，当它们简单的勇敢被击垮时，它们才慢慢地醒悟了。而我们所有人乃至渔翁，并没有想到或想过那些鱼的感受，而是想如何获得利益最大化。然而，有的也不完全相同，可能有的渔翁，他们把捕鱼和游戏、和生活乐趣结合了起来，不是为了鱼宴美味，而是为了更哲理的一些事情。试想站在船上，把那网撒出花样来然后悠悠地落在碧绿深幽的水中，也是一种短暂的莫名的充满着未知和希望的享受。

"白发渔樵江渚上，惯看秋月春风……"于是古往今来多少文人骚客，给施网者，也就是渔翁，赋予了高深的、不同于俗流的风采，有的甚至和"禅"联系起来。不难想象，他们站在江边，看着渔翁一网一网地撒下去，然后慢慢的收回来，不论那网中是否有鱼，总得整理一下再继续吧。这个画面若是让远远的站在岸渚桥头的诗人看到，这是多么美好生动的画面啊！似乎，那一船风月，半江烟雨，都在这张能大能小、能方能圆、能放能收的网上了。

说到蛛网，除了宋代的宋尧佐，谁也不会想到"雨网蛛丝断，风枝鸟梦摇"。甚至观江上渔翁他们也不会只是想"馀黎尚网罟，割烹燎其汤"。他们眼中看的是风景，心里酝酿出的是意境，想象的是故事，不会去问渔翁的真情实感。正如古人所说："更无人识老渔翁，来往事，有无中。却恐桃源自此通。"（作者：张炎《渔歌子》）就那一网一网撒下去，有鱼无鱼，仅凭天意，无异于姜子牙的江边垂钓，愿者上钩。再或者浪漫地说，那网撒下去，捞上来的是清风明月，一帘情怀。渔翁是那美好仙境中超凡脱俗的高人智者。网，多么美好生动的仙凡之物啊！

随着网的扩、拉长、优化，于是更有了大比喻，大手笔。除了网状的实际物体，还有无形的网，虽然看不见，但谁也不能否认它就是一张网。如法网、情网、关系网、天网、暗网、黑网，等等，但凡是斩不断，理还乱，看不见，摸不着，大之恢恢，疏而不漏，不能触碰的等等情况，都用网这个词来比喻来说事。可见，这个陪伴我们的星球多少亿万年前的小小生灵，为我们做了多么大的贡献啊！

　　学生用网字组词应该最容易最丰富了，网友、网恋、网聊、网约、网购、网搜，网……网……网……多得是，这都不重要。重要的是我们不像小蜘蛛那样简单，只为了生存猎食，更不是鱼那样愚鲁轻易入网。我们是一个特殊的也可以说是更智慧的生物，紧紧的粘在了网上，心甘情愿入网，别人拿不掉，自己脱不开。没有网或不在网上，就不能生存，不能生活，最起码不能正常的，快乐的，智慧的，理想的，高级的生存和生活。可见，这张无形之网的威力何其大，甚至大的令人惊惧。

　　还是那最早来到我们这个星球上的小蜘蛛，为我们作了先驱，做了贡献，它却没有专利，甚至浑然不知。而我们，谁也没有想到和重视它的巨大贡献。

无言的告别

　　叔叔要去养老院了，这对晚辈们来说可能不是什么不寻常的大事，但对叔叔而言却是人生中的一个大转折。叔叔的这个人生转折，不知是否也可以说是人生最终真相的揭示。

　　叔叔是一个很有情趣且爱好广泛的人，喜欢书法练字，侍弄花草，而且把家里安排得很有格调。用他的话说，鸟还知道把窝打理好看了住着舒适呢，自己一辈子住的地方，也得有点情调。所以他的家里给人一种简约大气而又有情调的舒适感。大概他从没有想过，有一天他会在有生之年离开这个家，而且是彻底地离开。

　　叔叔退休后一直过着闲适安逸且快乐的生活，因为多少年来叔叔有一位最称心如意的伴侣加保姆，那就是婶婶。所以叔叔多年来别的无须赘述，却让他养成了说一不二的脾气。婶婶是一位纯粹的家庭妇女，一辈子的"事业"就是生孩子养孩子，再就是侍奉丈夫，她对叔叔可以说从来没有"忤逆"过。而叔叔对她所做的一切，也可用一个成语概括，就是司空见惯。而婶婶觉得这很正常，叔叔更觉得正常，以致所有的家里人也就都觉得正常。所以多少年来，直到孩子们都成家立业，这个大

044

家庭都是岁月静好。

　　静好的岁月就在这正常的生活中慢慢过着，流逝着。谁也没想到比还叔叔还年轻两岁的婶婶先于叔叔走了。叔叔可能之前没有想过，直到现实摆在面前已经来不及想了。婶婶走后不知叔叔是否觉得痛苦，因为大家都没有看出他有什么异样，可是不久叔叔就在另一个侧面表现出来。书法不练了，花草也不积极打理了，一副焦虑和无所适从的样子。饮食起居问题也明显地凸显出来，谁做的饭他觉得也不合口味，谁说话他也不愿听，尤其是他说话没有人给他捧场、解读了。如果别人有反驳，叔叔就会无法忍受。总之，这个家原来的"岁月静好"似乎淡薄了。

　　自叔叔知道自己患有小脑萎缩的症状后，原来的脾气大大改变了。他变得"沉默"，接着是"寡言"。一开始大家觉得这样倒没什么不好，不影响别人，还比以前更加安静，只要让他吃好喝好也就没什么了。可是渐渐的，他的生活也出现了一些状况，比如对家人爱发脾气，做事丢三落四，说话办事没有逻辑性，随心所欲等等。子女们不是不孝顺，而是大家都有自己的工作、自己的家庭、自己的事情，叔叔眼看就成了累赘……最后，叔叔只得去养老院了。

　　自从叔叔的身体出现状况以来，他不仅沉默寡言，而且也没有了感兴趣的东西。平日里只是默默的默默的，似乎在随时等待和听从一种命运的安排。这个命运安排很快就来了，那就是子女对他的安排。在安排他命运的日子里，他什么也不参与，一句话也不说，但他好像又什么都知道，都明白，都看得透，都想得开。

　　子女们要把叔叔送到早已了解和安排好的养老院了。那是四月的一个星期天，叔叔要启程了。那天天气晴朗，风和日丽，春风把他搬到院子外面的花草吹拂的摇摇摆摆，刚刚喷洒过水的叶片上挂满细微的水珠，翠绿翠绿的闪着光，如晶莹的含在眼中不能流出的泪珠，它们似乎是在和叔叔告别。

叔叔突然变得明白而且达观起来，面带微笑，昂首走出了大门。谁知，竟又折了回来，然后缓慢而又凝重的回到屋子里，从角角落落认认真真地看着，扫视着每一个他用过的、喜欢过的物件，最后目光落在了他和婶婶及全家人的照片上。大家看着他，他没有看大家，好像此时此刻屋子里没有别人，只有他自己。他微微地抬起头，看着天花板，就那样直直地站着，想着，似乎几十年的岁月往事都定格在那个空洞而又深邃的地方，连接着他的大脑，他的记忆，他的整个坎坷生涯风雨人生。走到院子里，又凝望了片刻陪伴他多年的小"花园"。做完这无言的告别，最后便头也不回义无反顾地走出了大门，上了送他的汽车……

叔叔就这样的离开了家，离开了他用心血经营一生用生命爱了一生的家。此刻在叔叔的心中应该是五味杂陈的，或许没有太多的悲伤，但绝不会有丝毫的快乐和喜悦，直到最后一定是无奈的决绝至释然。因为他明白，这一切不仅仅是告别，而应该说是今生今世生命终结前的永别。因为这一去，是不会带着生命的节奏再回来了。那自己打理多年的"家"，那融合了自己多少酸甜苦辣，倾注了多少心血和感情的"老窝"，那陪伴自己多年已印在自己脑海里的一切，都随着那扇大门的关闭而与自己无缘了！也就是：今生，永不会再见……

后记：如果说不是悲伤，我也不禁感慨万分，这就是人生的最正常，最平凡，也或最幸福圆满的结局吗？不管是谁，无论你的职务高低，你的贫穷富有，只要你随着岁月走到最后，都逃脱不了这样的结局。它没有壮烈，没有光点，没有褒扬或批评，没有反对或拥护，甚至没有个人意志，就这样被一个无形的东西消磨消磨，苦乐自品，疼痛自知，没有同情和怜悯，直至在地球的表面消失。

感悟人生故事组编

人之口，生有不同形状，又为感情驱使，更是造型翻新，千姿百态。如果再与丰富多彩的词汇巧妙结合起来，那就更可谓情趣万千了。

〈一〉谁是谁非

一个女孩儿按交通规则骑自行车前行，被横穿过来的一个小伙子撞倒在地，那小伙子不但没有表示丝毫的歉意，反而怨那小姑娘骑车不注意。此举引起几个旁观者的不满，都说这小子太缺德，欠揍。

正在这时，小姑娘的哥哥在后面赶来，二话没说，把那小子揍了一顿，直打得那小子鼻青脸肿。原来的几个旁观者改了看法，又议论：教训他几句，打两下子也就算了，为什么打这么厉害。人们唏嘘不已。不想这一段正好被警察看见，以打架斗殴之嫌把小姑娘的哥哥"请"走了。

于是旁观者大哗：你说当今这事，自己的妹妹被欺负了，当哥哥的管还管出不是来了，啧啧……

（二）要感谢谁

一群小学生在老师的带领下去参观游览。

在回来的途中，学生们非常累，有的学生已经不能走了。甲老师轮流背着学生慢慢走。乙老师什么也没说，而是离开队伍走了。学生们很生气，顿感甲老师爱生如子，对他们体贴入微。甲老师的形象也因之而高大起来。一会儿，乙老师自己掏钱雇来了一辆面包车，让学生都上了车，顺利回到家。

事后学生写感想，都写甲老师对他们是如何如何地理解，多么多么地关爱，而对乙老师只字未提，因为对她说不出什么可感动之处。

（三）该说什么

某小学老师给学生上课，有的学生不注意听讲，不好好学习，老师说："有的同学不注意听讲。学习不好，没有知识将来是没有出息的。"学生回家告诉了家长，家长状告老师："这是挖苦学生，不好好学习，将来就一定没出息吗？"判决：老师错。

又上课，又遇一同类学生，老师只好说："有的同学不注意听讲，不过，不学习，没有知识，将来也未必没有出息。"学生又告诉了家长，家长又状告老师："老师这是讽刺学生，学生不好好学习，将来能有出息吗？"判决：老师错。

又上课，又遇同类学生，老师只好对学生说："唉！你们，你们这是——"不知怎么说，也不敢说什么了。老师感叹说："随他去吧。"家长说："什么？'随他去'？那还花钱让孩子来上学干什么。"老师：……

由此，又想起鲁迅先生笔下的一个故事：一个孩子过生日，来祝贺的人很多，一个人对其父母说："这孩子将来要死的。"于是招来一顿怒骂。又一个人说："这孩子将来要做大官的。"于是得到感谢。前者说的是实话，后者说的是假话。第三个人既不敢说实话，又不想说假话，说什么呢？就说："啊，这孩子，唉唉……"

（四）"质朴"与"妖冶"

老师请学生家长谈学生的学习情况。

被请的是优等生的家长。优等生甲的妈妈其貌平平，穿着一般。家长走后老师说："怪不得甲生品学兼优（其实只是学习好，品质没有考查），你看人家妈妈，多么质朴。"优等生乙的妈妈来了，其穿着华丽，容貌娇好。老师说："怪不得乙学习这么好，你看人家的妈妈，这么高雅漂亮。"

后来又请差等生的家长。差生甲的妈妈来了，同优等生甲的妈妈一样，老师说："怪不得甲生的学习这么差，你看他妈妈，邋邋遢遢……"差生乙的妈妈来了，同优等生乙的妈妈一样，老师说："怪不得乙的学习这么差，你看他妈妈，妖里妖气……"

谁能想到对妈妈穿着打扮的评价，跟孩子的学习优劣关系这么密切啊！

（五）"大师""小师"

在报刊上曾看到过这样的故事：某著名物理学大师，诺贝尔奖获得者，一次在某大学给学生作报告，对学生提出的三个物理学问题连说三个"不知道"，由此引起学生们热烈的掌声。因为由此更知道这位大师严谨的科学态度，对知识的高度负责任，以及他的虚怀若谷。

一位记者曾采访一些爬山爱好者，问及为何爬山，人们讲出很多自以为高深的道理。而当采访世界著名爬山爱好者奥尔布莱特时，这位旅行家只说了这样一句话："因为山在那里。"。记者及一些人都觉得这句话实在太深刻了。

换之，如果是中小学教师，学生问及不知道或没有把握的问题时，他若直说或敢说"不知道"，别人将如何看他？如果是一个普通人对为什么爬山说句"因为山在那里"，可能会引起人们的大笑吧。话有两重性，关键要看是谁说。有些简单的话，在不简单的人说来，便是警句名言，令人崇敬崇拜有加，而简单的人说来，便是不负责任甚至不可饶恕了。所以，一些简单的话不是简单的人能说的。

（六）小甲小乙

同一单元的两个孩子小甲和小乙，自小一起玩耍，从小学到初中也都在一个班里，邻居们可谓看着他们一起长大的。小学时小甲学习不如小乙，于是人们凡事都高看小乙一眼，包括他打架、毁坏花圃的花草，甚至拧去大人们自行车的铃铛皮，人们都说这是他精力充沛，聪明过人之处，是有出息的表现。

后来，小甲考入了重点高中，小乙考入了普通高中。这时人们方说："你看人家小甲，原来有后劲儿。小乙这孩子从小淘气，到真事上不行了吧。"

一晃四年过去，小甲考上了普通大学，小乙考上了重点大学。人们说："从小看大，三岁看老啊！小乙从小就行，现在还是行吧。"人们一致赞同这个说法。

又一晃几年过去，小甲已是事业有成，蒸蒸日上，而小乙却在原地踏步，并露出今不如昔之相。人们唏嘘，摇头，只是"哎——哎"。还说什么呢，反正都说尽了。

（七）奥迪真"傲"

小李开出租车不到三个月。他是正宗驾校毕业，技术绝对没问题。

但他还是谨小慎微，因为小城坐出租车的不多，起价又低，一天挣不了几个钱，尚若稍不注意违反了交通规则，罚个钱就够受的。

这天小李早早就出车了，一是为了多拉个坐儿，二是这时街上人稀车辆少，违章的概率也就会大大降低。这样想着，不知不觉来到了一个十字路口。远远看见黄灯一闪一闪的，他就慢慢刹住了车。这时，自己侧面突然飞来一个愣头青，吱——，一个急刹车越线而出，被站在旁边的交警逮了个正着。小李看着那司机下来低头哈腰赔不是的样子，庆幸之余又不免幸灾乐祸。就在这时，只听一声喇叭长鸣，后面又开过来一辆黑色小轿车。小李正觉得好笑，只见那警察把一张罚款单匆匆塞给先前那个违章司机，接着一个急转身向黑色小轿车打了一个敬礼，小轿车飞驰而去。恍惚中小李只记住了小轿车的一个品牌——"奥迪"。

小李一吐舌头想起了这样一句话："奥迪"真"傲"。

在一个有色的世界里，有时候，行头代表着来头，很多人都这么看。

（八）小人之论

阿汪在外边特别是在熟人的眼里，可谓一个地地道道的老实人。有事实为证：一次阿汪在大街的人行道上走着，迎面来了一辆小汽车向阿汪斜插过来，幸亏他躲得快没有撞成重伤，但大腿还是被擦去一大片肉，鲜血直流。所见者都围了上去，欲为阿汪抱打不平。想不到阿汪却站起来说："没事没事，是我自己没看见有车来了，还自己瞎往前走，怨谁呢。"阿汪说完竟自己一瘸一拐的走了。不平者落了个自讨没趣，也自散了。事后有熟人问阿汪："为什么不让那开车的赔偿？"阿汪却说："谁知那开车的是什么背景，万一咱惹不起，还不是自找麻烦吗，还是息事宁人的好。"人们听他这么一说，觉得似乎也有一定道理，也就不再说什么。

谁知过了一段时间，倒霉的阿汪又被车撞了。事情是这样的：这天阿汪骑车上班，离单位不到五十米，忽然从胡同里穿出一辆三轮子，不偏不倚正撞在阿汪的车子中间，把他撞了个大马趴，直摔的鼻青脸肿。过往的人们一致指责蹬三轮子的人。阿汪单位里也来了人，要求让阿汪去医院查一下。这时阿汪爬起来，用手捂着半边脸懦懦的说："没事没事，不要紧的。"说完便自己一只手扶着自行车走了。人们说蹬三轮的遇上老实人了。事后又有人说阿汪："你怎么这么老实啊。"你猜阿汪怎么说？他说："蹬三轮的一个穷光蛋，他怕什么，他和我耍起无赖来我有什么办法。"人们又觉得阿汪说得似乎有理。

过了一段时间，阿汪竟又出了一个啼笑皆非的事：那天阿汪下班后一个人低着头往家走，不想与一个乞丐撞了个满怀，乞丐举起平时拿在手里的打狗棍朝阿汪打去，阿汪的头上顿时起了个大疙瘩。这件事被前两次的知情者都看到了，但这次谁都不再说什么，看阿汪自己怎么处理。阿汪照样是什么也没说自己默默走了。人们不甘心，又追上去想再听听阿汪又有何高见。阿汪说："他虽然是一个乞丐，但谁知他是不是丐帮的，这种人得罪不得，否则自讨苦吃。"大家哈哈一笑说：阿汪总有道理。这时有一个十分了解阿汪的人大声问他说："你怎么在家打起老婆来什么也不怕了呢？"。想不到阿汪也有一番道理，他说："老婆打不过我，她的兄弟都老实，姊妹都文静，就是她老爸老妈也非常大度，我了解他们的背景，我怕什么。"

大家相视无言。

（九）是否"奴性"

一出租车送一个人，走到某村子的街上，不小心把一只小狗碰了一下。小狗"嗷嗷"地叫着，惊来了主人。主人见状大怒。出租车司机连忙下车赔礼道歉，并主动要求赔偿。男主人手舞足蹈，吓得出租车司机拉着他的手连连说好话。女主人见状大喊："你干嘛还要打他。"司机说我没打他呀，男主人忙说："凑这么近还不是要打吗？"

小伙子茫然，只得忍了忍问怎么办。狗主人说："要么五百元钱，要么赔一个小狗。"出租车司机愿意赔小狗。他刚打电话联系了一只，告诉狗主人一会送来。狗主人说话了："不要大的，不要小的，就要这么大的。不要笨狗，就要这个品种的。"

出租车司机傻了，最后在本村看客的调解下，放下二百元，忍气吞声走了。谁知那只小狗竟然站起来没事了。人们哈哈大笑，主人得意至极。

出租车司机刚走，谁知又来了一愣头青小伙儿。骑着摩托，头发长长的在后脑扎一个小辫儿，耳朵里塞着耳机，嘴里呼着口哨儿，风风火火闯了来。把正在得意的那位狗主人蹭了一个趔趄。狗主人说："你怎么骑车的？"小伙子一歪脑袋："你说我该怎么骑？那个什么什么不挡道？"狗主人正要发火，小伙子仰着脸一副满不在乎的样子："怎么着，打架？"

还是刚才那伙同乡过来打圆场：算了算了……

小伙子轻蔑地看了一眼那位狗主人，一个呼哨儿扬长而去。狗主人呈无奈状，刚才的得意劲儿似乎没了。

（十）同是救人

一个非周末的上午，在小城一个紧邻水渠的小广场上，人们三三两两地遛弯。突然一个老人摔倒在地上，人们本能地围了上去。老人侧躺在地上，紧闭着眼睛发不出任何声音，当然人们不知他是病了还是……大家窃窃私语，相互摇摇头，然后默默地走开。且不说世态炎凉，但还是想得太多。这时过来一个骑三轮的中年人，跳下三轮车，轻轻地把老人抱起来放进三轮车匆匆向医院奔去。老者缓过气来告诉了家人的电话，一会儿老者的家人赶到了。他们望着三轮司机客气地说：谢谢你，随后掏出二百元钱塞给三轮司机，三轮司机不要，老者孙子说：还嫌少吗？够你登两天三轮的啦！三轮车司机无言，乃去。

由此又想起在一张小报上看到的另一个故事，一位领导干部出门时在路上看到被撞伤的老人，令司机把其送到附近医院，并通知了其家人。那家人感激涕零千恩万谢，乃至后来被媒体得知，着实宣传了一番。前后两件事大致相同却也都是寻常顺便之事。但细细想来却有诸多不同点，前者是老干部，后者是老农民，前者子女非等闲之辈，后者家人皆平民百姓，前者是坐轿车之人却坐了一次三轮车，对于子女而言不免有失身份，后者本是坐三轮车之人却做了一次小轿车，却是……

有人说：做同样的事，身世不同，结果就不同。

（十一）调查与采访

老王在单位工作近二十年了，虽没有什么伟大的业绩，但也从来没有出过任何差错。平时为人随和，爱开点玩笑，遇事也爱坚持个直理儿。总之在同事们眼里他是一个很不错的人。

有一回老王请了三天假说是出门办点事，这也是多少年来第一次因私请这么长的假，办完事他就按时回到单位上班了。就在他回来后上班还不到三天，领导突然打电话找他，他放下手头的工作赶紧来到领导的办公室。领导表情严肃地向他询问了他请假后三天的一些情况，就让他回去了，弄的老王懵懵懂懂。第二天派出所来人调查，领导还着意找了两个素日里与老王不错的人介绍老王的情况。两个人大体的内容是：这个老王平时嘻嘻哈哈，不免有些轻佻，遇事从来不会顾及他人的面子，有点倚强凌弱。

谁知第三天，电视台又来了两位记者，说是通过有关部门终于调查出来，那个做了大好事不留任何信息的人，就是你们单位的老王，为了进一步宣传他的事迹，想了解一下这个好同志在平时工作中的突出表现。并说这和你们单位平时的工作导向是分不开的。领导听了十分高兴，正想叫上几个和老王要好的同事好好的把老王夸一夸。谁知那个性急的记者正好看见同一单位的大李，就一把把他拉过来，问他是不是和老王一个科室。大李说虽不是一个科室，但我很了解他。记者看看领导说："干脆就让这个同志说说吧。"领导不好再说什么，心想这下砸了，他知道老王和大李不是同一路人，多年来俩人关系就很不好。这时只听大李说："老王，这可是个好人啊，待人热情真诚，工作中坚持原则，没有一点儿私心，和他共事，无论是公事还是私事，都觉得轻松痛快……"

　　领导听着听着，不禁有些茫然。

　　生活如生在原野的一朵朵小花，美丽与泥土总是分不开的。在人生的世界里，我们自己不仅做着各种各样的事情，更会看到不同人的所作所为，但无论在什么时候，都不要小看了人性。

浅说岁月

　　"年轻真好"，"到你们这个年龄最好"……经常听到不同年龄段的人，相互间总会心存羡慕。具体好在哪里呢？年轻人往往说：到这个时候，可以轻享岁月慢品茶，完成了任务，已无牵无挂。老年会说：年轻人时间还长，可以为理想去奋斗，为目标去耕耘。然后都要怅然一番。

　　认真地回忆一下，自己在某一个年龄段的时候，有没有觉得好呢，好在哪里？却也说不出什么来。人总是有在每一个"当下"的得意和失意。例如上学时拼成绩，工作时争高低，生活中比得失……等等。就那样在兢兢业业勤勤恳恳忙忙碌碌中，在攀攀比比喜喜忧忧得得失失中，时间就无声无息地滑走了，等到慢慢放下和释怀的时候，半辈子也要过去了。

　　要知道，岁月给每一个人安排的时间都是最合理的，就看你是否曾经合理利用了。浪费也好，虚度也罢，总之都是按照自己的意愿或者能力也或者思维方式安排利用的，都是从未知中开始。如果让你重新再来一回，还是在未知之中，也未必会比现在更好。

有一次在一个小场合碰到一位久未谋面的熟人，此公已经退休，看着过得也快乐满满的。但他却感慨的说：还没觉得怎么样呢，已经大半辈子过去了，回过头去想想，总感觉不无遗憾。当初如果再稍稍努力一把，再争取一下，或许行政级别还会再向上升一级的，连带的一系列相关事情可能会办得更加满意。如果再年轻十年，不，三年五载也好……听其如是说，我突然想起有一次和一个年轻人聊天的情景。年轻人说他已经大学毕业好几年了，至今还没有找到合适的工作，当下正在备考某职业。什么名额面试编制等等，先不说考试分数如何，就是分数过了，也非易事。将来能像你们这样，有个正当退休，健健康康无忧无虑的生活就好啦！无需大富大贵，只需晚年有养老保障就行……。

说到底，总避免不了人之本性，也即终极目标的获得和索取。小时候，哭就是获取的手段，略大些就是冲着父母发脾气，以此手段向父母索要。随着渐渐长大，意识认知的提高，目的也由直接变为间接，由明确变为隐晦，由简单变为复杂……但万变不离其宗，还是索取和获得的事。最后，目的和愿望圆满达到了吗？可能大多数人会说没有。有人说"不要让人生留遗憾"，予觉得这是废话。有人说"尽量让人生少些遗憾"，还是有一定道理的。

人生是岁月的痕迹，如果把整个人生缩短到一年，它只不过是春夏秋冬四季。春天美好可风沙太大，多少娇弱的花朵被吹落，多少稚嫩的枝丫被吹折。那些坚强的留下来的，就得勇敢地面对夏日的酷热、秋天的风雨，最后才有收获。欣慰的是美丽过，茁壮过。只要有所收获，就达到了目的。至于冬日，有人抱怨严寒，而有人却在赏雪。

说"年轻真好"，请问你年轻过吗？说"年老不错"，你老过吗？

所以只有经历了才知道，只有体会了才明白。岁月对每个人都是公平的，每个人都是在岁月里时而开心时而感叹中走过，在时而激情时而无奈中一路前行。最后的结果是：既没有你想要的那么浪漫完美，也没有你想得那么糟糕和不堪。

一个有趣的困惑

　　家乡小城的一个临河公园里，有一个小广场。 广场为何加上一个"小"字呢？因为它的面积确是不大，与本园其他地方相比，此处地势略高，没有花草树木，地面完全是用各种石板砌就的，可供人们在此休息，供孩子们在此玩耍，站在此可看着河水涟漪重重拐弯向南而去，继而遥望河对岸的美景，令人心旷神怡。

　　广场的中间等距离呈弧形矗立着几根大理石圆柱，每个圆柱中间雕刻着四个大字，也即该广场乃至整个公园的文化象征。凡是来这里的人们，每每走到此处，都会在某根柱子旁驻足逗留一会儿，或者围着所有柱子走一圈，意思很简单，就是看看柱子上写得什么，想顺便了解一下此处的文化内涵。

　　那天我走在那里，远远看见那柱子旁边又围着好几个人，在此指指点点，我知道他们是在读那上面的字。无奈那上面的字是梅花篆字，认识梅花篆字的人本就不多，此时之中并没有人能认识那字的。见我去了，就一致问我这上面写的是什么？我就给大家读了一遍，其中有几个人向我投来赞许和羡慕的目光，令我十分不好意思。因为，之前我也不认识这几个梅花篆字，而此时读出来，是因为我早已得到了"高人指教"而已。

记得一次去某部门办事，正巧碰上了一个老熟人，他可以称得上是本市书法界的知名人士，更是我原单位领导的爱人，也曾很喜欢我发表的一些文章。我说，老兄，今天看见你这位大书法家，我得向你请教一下，咱们市里某文化广场的那几根文化柱上的梅花篆字读什么？他一听就笑了，说那是他写的，然后就自西向东一一告诉了我。并问我那字写的如何，我说我都不认识还敢做什么评论啊！他笑了。我问：为什么非要写这个字体呢？隶书，行楷什么的，人们都能认得，不是更好吗？他说：人家就要这个字体。

过后总是想起那几根柱子，这种情况于我在其他一些地方都有发生过，只是就没有这么幸运了，能直接遇到作者予以相告。去外地游玩，遇到此等情况，有时也问过同时同地的人，都说不认识此类字，最后只得拍下来去查询考证，有的根本无法查知就过去了。想想，这种情况，这种情况下的人，这种情况下的人的无奈，很多很多，总会留下些许的遗憾。这毕竟是一种文化，一种让人传承的文化，一种要让大多数普通人了解的文化，为什么非要这么深奥难懂呢？毕竟随意来公园的人，不是什么"家"之专攻，想想自己，不禁暗然失笑。看来我们若想去一些园林游玩，还真得好好做一些功课，其中就包括认字。除了楷书，还须认真学学"行草隶篆"等字体了。

可是在一些著名的历史文化名园里，也看到另一种文化艺术形式，每个以不同形式不同历史名人书写的文体，总有现代工笔字体的写照，让游人观众一目了然，甚至不乏感动于史事之中。例如北京的各大园林，有时为了记住，又顾及于时间，往往在读原文后，再拍照现代字体的记述匾额，实在不愧为百姓的首都，历史的古城。

突然想起所读过的某些作品，明明用简单易懂的文字表达即可，却偏偏爱用一些生僻字，甚至一些通用字典上都查不到，不知道是不是作者觉得这样就显得深奥。

还是说那梅花篆字也好，其他什么字体也罢，只要大多数能读不就好了，为什么非要这么难认的呢，若说是"古"，字既非古人所书，园也是近年来新建的，怎么不就按当下书写，把其留作后来的史迹呢？

面相

常言说眼睛是心灵的窗户。这话在我们的生活中，只要注意观察，就不难找到论据得到论证。

一个人偶尔的喜怒哀乐，在其脸上是最容易体现出来的，有时候尽管其竭力掩饰，但在细心人的眼里还是掩饰不住的。因为一些深刻的身受或者感受，或多或少总会刺激到你的心灵，使之无意中进入到你的思维状态，进而呈现在脸上。所以人的面部表情是千变万化，甚至往往不受个人意志所控制。

记得有一次问一个研究易经的朋友，看面相有没有什么科学的依据？他说：面相和人的生辰八字完全不同，后者是固定的，有规律可循的，说到底就是有关学说中的那些。进一步说就是不同的解说者做一些不同的解释和理论分析，但终究是脱离不开那些规律和套路的。而前者也就是面相，是无规律可循的，在某些高手面前，他可能根据古今一些典籍中的理论依据，对某个人面相做出比较正确的分析和结论，做出某一个阶段的基本推断，但绝对不能做出人生全部的结论。

　　我听了觉得很是认可。因为在漫长的人生岁月里，人们会有各种各样的生活经历，有顺境中的也有逆境中的。如顺利和挫折，幸福和痛苦，成功和失败……等等。不同的时段境况对我们心情的影响是完全不同的，且每个时段的长短也是不同的。短时间的非正常状态，会让我们尽快恢复到应有的心理状态及面貌特征，而时间较长的，却在自己毫无察觉中让自己的心理状态和面貌发生根本的变化，并逐渐形成一种定势，用某些言论来说，也就形成了相应的面相。好的是这样，相反也是这样。由此而论，各种气质就是这样形成的。

　　有一次和一个曾经见过几次面而又很久未见的熟人相逢，突然看见他的面容与过去的他迥然有异，其一脸善良可爱的模样没有了，原本让人一看见就能感觉到的那种快乐无忧的表情消失了。取而代之的是满脸的懊恼和烦躁，感觉随时会震怒爆发，甚至流露出冷冷的一股狰狞之相。尽管在和我说话时脸上依然带着微笑，依然还和蔼，但那笑容里再没有了以前的轻松和纯真，和蔼里没有了温度。

　　过后我曾问一个略知情的人，告诉我了一些该熟人的近况和经历，方知他遇到了较沉重的生活和思想的打击，家庭、子女以及经济状况都承受着巨大压力。这又证实了前面所提及的朋友的话，面相一说，是与人的经历和处境分不开的，就如屋子里面的冷暖，和室外的温度是相互影响的，不可避免的会在窗户里投射出来。

　　境遇是涵养人的精神孵化器，眼睛是心灵的窗户。若想拥有一张美丽可爱的面容，必须先净化自己的心灵，尽量陪护好自己的心态。心坦然，面容表现出来的就坦然，心中感觉幸福快乐，面容透出来的就是幸福快乐。所谓"胸藏文墨虚若谷，腹有诗书气自华"，就是这个道理。

虽然，美好的心灵不是一朝一夕就可以培养出来的，优越的境遇也不是我们想有就会有的，那么我们只有从自己能做到的方面着眼着手，多读书学习，多一些宽容和理解，尽量使自己变得豁达和丰富。

第二辑

故乡亲情

故乡往事

（一）故乡的果树行

我的故乡是北国平原上一个美丽小村子，说它小，不足百户人家，基本就一个姓氏。说它美，更不是虚言。它紧临一条清凉江，四季江水丰盛，清澈透明，给故乡增添了无尽的色彩。地势也很别致，因为周围沟壑重重，草木葱茏茂密，而中间高四周低，整个村子如建立在"峰顶上"。

每到春天的这个时节，村西的果树行首先成了大风景。以杏、桃、梨为主，花儿依次盛开，红红火火粉粉白白，简直美丽极了。这里可谓是我们儿时的天堂，一有闲暇，我们便呼朋引类来到这里。老树的树干粗很矮，且粗大的树干向着四周张开着，我们纷纷爬上树干，像一群小麻雀，叽叽喳喳玩得不亦乐乎。

随着时间的沉淀推移，花儿们谢了，一串串杏仔毛桃长了出来，最后雪白的梨花也被一嘟噜一嘟噜的小梨取代。花儿虽美，但各种果树都没有嫁接过，一切都是自然生长的。渐渐的在生长过程中，果子们物竞天择，最后能成熟的就不那么多了。在接下来漫长的时间里，我们就是在等待和期盼着果子成熟了。

看守果园的是一个七八十岁慈爱和气的老奶奶。我们不知道老奶奶是家族里委托她还是她自愿看守这片果园的，我们也没想知道。果子花开时，老奶奶经常去果园看看，随时提醒我们不要大力摇晃那树，免得那花落下来太多，秋后就少吃果子了。我们笑着听着，也知道尽量保护那花，让其少往下落，可不知怎的，当我们离开树行时，还是满地的落英缤纷。老奶奶也从不批评我们，只是在我们往家走时，她看着满地落花会在后面喊着：是吧！是吧！

麦熟时节，杏子熟了，再后来，桃子也熟了，老奶奶会让大人们来帮着分别收这些果子。大人们把果子收了，顺便带一点在回去的路上吃。剩下的也就什么也不管了。老奶奶便嘱咐大人们回家告诉孩子们来分果子。

这时我们会拿着篮子，纷纷来到树行里，围绕在老奶奶的面前那一大堆果子周围，一边吃着，一边等着老奶奶给我们分。老奶奶分果子的方法是与众不同的，一开始她十个十个的数着分别往我们的篮子里装，待到每个篮子里大约装了三四十个以后，她就开始一捧一捧的往我们的篮子里捧了，这个时候完全没有了认真仔细的章法，直到她看着我们每个人的篮子里都差不多了为止。而我们只顾得在没有分的堆上挑好的吃，谁也不会计较什么。也不知道老奶奶的计数能力只会数到那么多还是她没了数数心情。最后我们心满意足的把分到的果子拿回家，与家人一起分享，当然很快也就吃完了。

每成熟一种水果我们就这样的分一次，剩下的最多，那是老奶奶自己拿回家的。这成了我们认可了的约定俗成，谁也不会计较的。更因为，老奶奶拿回家去的那些果子，也是会随时再跟我们分享的，她自己并吃不了多少。用她的话说，那是留下来奖励听话（懂事）的好孩子的。这个美好快乐的时光，一直伴随着我们长大……

如今那片满载着我们童年故事的果树行早已不复存在，但是故乡的人们还是把它的名字清晰的记载下来，每每说到哪一块地，依然是"杏行里""桃树井"等等熟悉而亲切的名字，看来这片土地上只要有故乡人在，那这名字就会永远的传下去了。

多少年过去了，每到春天看到园林里的满树花开，就会想起故乡的那片果树行，想起那慈祥可爱无私奉献的老奶奶，想起家乡那些淳朴善良的父老乡亲，更想起那段春天般的花样年华。当年那娇小玲珑吃起来略带酸涩的果子，时时留存于味蕾中，无论何时何地，只要吃到同类的水果，就会想起它。

（二）故乡的那口"龙井"

在我很小的时候，就听老人们不厌其烦地讲着家乡的那口龙井的故事。

其实那口所谓的"龙井"在我的眼里并不新鲜。它就在我家的院墙外，下了坡，走不远就到了它的跟前。然而话虽这么说，但要想一个人到那儿去，却是绝对不那么容易。因为各家大人有一个统一的规定，孩子们无论谁要去必须由大人领着才行。

说起来那口井也真有点奇特，井口直径也就半米多，井沿略高出井口一些，就在池塘边。池塘由一条大沟蜿蜒曲折地爬到了清凉江。紧挨着它的有一棵大柳树，由于水源充足，气候湿润，那树长得枝繁叶茂，粗粗的树干，硕大的树冠一边向着池塘，一边罩着井口。井里的水位永远在井口下不足二十公分处，无论是谁只要提一只水桶直接就能打满清澈透明的水。而且一年四季都是，只是到了冬天水位略低一点，但拿桶直接打水还是蛮能够得着。而且，外面池塘里的水早已结了冰，小井口上的水也不会结冰。而比它离池塘更近的另一口大井，却长年是干的。仅仅这些似乎也不算什么，但关于这口井的事情还是很让人觉得它确实很有些不寻常。

首先，到了夏天田里需要雨水的时候，往往遇上天旱，这个时候大家觉得该下一场大雨了，这时根据人们的"历史经验"，就有人提议该挖井了。于是大家就选好一个日子，到了那天，趁清晨太阳还没出之前，参加挖井的人都早早吃过早饭来到井边，休息片刻人们就开始了。首先向着那口井拜一拜，然后就一桶桶的淘水，水淘干后，便下到井底挖泥，炎炎夏日井里特别凉，一个人待久了是不行的，于是大家轮流下去挖。就这样辛苦热闹的忙碌了一天，人们也累得精疲力尽了，略略收拾一下井口的周围就回家吃饭休息了。

最后，人们就躲在各自家等候老天的好消息也既大家的希望。不出半夜，大家定会听到外面电闪雷鸣暴雨如注。人们会激动不已，有的干脆走出屋子，面朝天空双手合十祭拜。还有的说他在西南天空真看见了龙王，一条生灵活现的龙正在吸水。这样的事情屡试不爽，周围远近的人们也为此高兴不已，见了面都相互说起有关的话：谢谢你们村又淘龙井了……听得村里人一脸自豪感。

这样的事情小时候奶奶当作故事，给我讲过无数次，每次讲起来也一脸满满的自豪。记得有一次夜里我跟奶奶睡觉，外面的电闪雷鸣把我惊醒了，我爬起来说：奶奶，下大雨了！奶奶毫不惊讶地说：是，白天淘井了。

还记得有一年，我家本院的一位我的小长辈，因为喜欢那棵大柳树上的柳条，偷偷地上去够，不小心从树上栽了下来，正好落在那口井里，此时正是井水水位最深的时候。他舍不得手里的柳条，还一只手死死地抓着，另一只手抓着井口边缘的砖，竟然头一直在水面之上没有沉下去，有人听到呼救把他救上来。他的母亲吓得一边哭一边问他：我的孩子，怎么还知道抓住井岩没沉下去啊！他竟然懵懂地说：下面好像有东西支着……

听到的有关这口井的故事很多，人世沧桑，龙井也同样在岁月的沧桑里改变着自己的一切。

如今，那口龙井如那果树林一样早已没有了，但关于它的故事，在故乡人的记忆和传说中，仍然生动鲜活着。和故乡所有的故事一样，虽然成了故乡的历史过往，但它在故乡人的感情里，依然是那么的神秘，那么的亲切，那么的难以忘怀，只要那片土地在，它就不会消失。

我家那棵红枣树

家乡的枣树很多，我要说的是我家的那棵红枣树。并不是仅仅因为它是我家的我才这么看重它，而是它的故事确是让我回忆起来趣味横生。

这要从它的生长位置说起。我们村子的西头是一个池塘，池塘不大，水却很深很深，但对于孩子们，一年四季都有说不尽的乐趣。春天里，这里因为土壤湿润，位于池塘周边的高土冈挡着风，这里的芦苇率先发出嫩嫩的芽头，尖尖的紫红色的头，有大拇指那么粗，由尖处向下渐渐变成粉紫色最后是白色，美丽极了，成了孩子们的最爱，每每大人看见会呵斥一顿。随着春深，芦苇也渐渐长大，那碧绿宽厚的叶子又成了我们制作芦笛的好材料，芦笛声声里融进了我们难忘的童年时光。当然，那夏日里的蛙声阵阵，冬天里的冰上情趣就不必多说了。总之春夏秋冬池塘是我们最爱去的地方。

这么好的地方，也有它不如人意的时候，特别是不如我们家的意。我家的那棵红枣树，就长在紧邻池塘的斜坡上。由于树向水而生，所以整棵树向池塘倾斜，树干不粗却枝繁叶茂。又由于水分和阳光充足，结得枣子又大又甜。可是这样的枣子却从来不能完全收获。每年枣子成熟的时候，如遇到大风，大量的枣子就被风刮落到水里，就那样一点点的刮落，不能去水里捡拾，直到彻底成熟我们决定收获时，大部分的枣子已经落掉，所剩无几了。奶奶每每这个时候，都会惋惜一段时间。但是就是在水里捞上来，也不好再风干如没落过水的新鲜甘甜了。池塘的水呈着墨绿色，自我记事起，从来没有见到这个池塘干涸过。

有一年枣子成熟时，正好父亲在家，父亲就想了一个好办法，在收获枣子前，用粗细合适的木头杆扎了一个大木筏子，上面铺上一个结实的粗布大炕单儿，父亲下到水里扶住木筏子，我和大弟弟坐在木筏子两头撑着炕单子的四个角，母亲带领着我和弟弟妹妹站在斜坡上使劲的摇晃那树，奶奶拿着一根长杆不断的敲打，那枣儿如理解我们的心愿，伴着我们的欢声笑语劈劈扑扑的落在里面。尽管这样还是有枣落在水里，吸引的无数鱼儿来抢食，父亲还趁机抓到了几条鱼，丰富了我们的餐桌。这一年我们收获了很多枣子，并且正常风干了储存起来。

从此以后，这成了我们的一件乐事。每年枣子成熟的时候，父亲都会从他工作的地方回家来，和我们一起收枣子，渐渐的，在我的心里好像成了一个不可缺少的惯例，每到这个时候，我就期盼着，就像孩童期盼望着过年一样。每次看着那么多红红亮亮核小肉厚的枣子，不吃我们也会从眼睛甜蜜到心里。

多少年过去了，我离开了家乡，家乡如我，也在岁月的风雨中变化着。儿时的那个池塘早已干涸，周围已经填上了土，又种上了一些其他的树，只有中间的地方还依然生长着芦苇，那棵让我寄托着深厚情感的红枣树，也在流年里变化和生长着。有时候回老家，母亲总会把留出来的红枣让我带回城里吃，而我在家期间，母亲会做很多我喜欢吃的枣糕枣卷，并尽量多的放枣。每次吃着那甜甜的枣子，总不免想起当年一家人热热闹闹收枣的情景，曾经几次在饭桌上跟父母说起。

如今不知那棵红枣树怎么样了，它是否还依然沧桑的站在那里，是否还每年结出那又红又大的甜甜的枣子呢！

而今只要我梦到故乡，就会梦到那棵红枣树。每当我吃到又红又大甜甜的枣子，也无论是什么品种的，就会想起家乡，想起我家那棵红枣树。进而想起家乡的那幽深碧绿的小池塘，它不仅是我年少时光的最爱，更凝聚着我们一家亲人那甜蜜幸福快乐的美好记忆，它如一个温暖而熟稔的音符，让我无论身在哪里，只要看见它，就会听到故乡那亲切的声音，心就会飞回故乡，犹如重新偎依在亲人身旁。

忆起我少年时的阿依

　　睡梦里，我又见到了少年时代的阿依，依然那么好看，依然穿着美丽，依然美丽得让我羡慕和喜欢，让我迷离中找不到堪与之相比的衣服……

　　阿依，"aI"，是她的名字，更是爱的意思。她是我故乡少时的伙伴和同学，比我年龄略大一点。多少年过去了，每每想起她，心里总泛起一缕淡淡的感伤，那感伤似乎是来自心底，又像是来自天外，很近又很遥远苍茫。

　　阿依很好看，那时候我不知什么叫偶像，但我就是喜欢她。这不仅仅是我的幼稚天真，据母亲说，我在幼儿时，母亲抱我去街上玩，只要看见她的母亲也领着她玩，我的母亲就感到自卑，这大概和我后来看见她的穿着打扮就感到自卑差不多吧！阿依上学略晚，所以我们在一个年级。阿依的家庭条件在当时我们所有的家庭中是最优越的，她爸爸在一个大城市工作，她外祖母去世早，外祖父在京城又成了家。她年迈的外祖父大概是为了补偿亲生女儿的缘故吧，经常让她这个外孙女儿去京城，每次都是待很长一段时间，而每次回来她就更像大城市的人了，穿的戴的，都是城市商场的成品，更显得洋气漂亮。也是她乖巧好看的缘故吧，一家人十分宠她。后来她的父亲下放回乡，也从不让她干活，怕晒着她，怕累着她，怕……所以在我们同龄的孩子们心中，她是白雪公主，不可能和我们一起玩的。

邻村有一个算卦的瞎子，也有的说是半瞎子，大概就是也能看清点什么吧，经常走村串户去算卦，我不知道他姓甚名谁，大人们都叫他"瞎大水儿"。大约在我们上小学三年级的时候的一个星期天，那瞎子来到我们村，在碾棚旁边的老槐树下支上了卦摊儿，就是一个马扎他自己坐着，然后拿出他的竹板什么的算命工具。阿依的母亲领着阿依也来了，说要给她算卦，我们都很好奇，就都跟了过去，当时母亲正跟我在一起，也好奇地听起来。瞎子问过生辰八字，然后就掐起自己的指头，嘴里念念叨叨半天，我们也听不清他说的什么。突然，瞎子好像领了上天旨意一般，大声的说了一段顺口溜："嘴一分，手一分，吃头份，穿头份，婆婆喜，公公爱，丈夫拿着当亲（qie）待。"直说得阿依的母亲如沐春风，满脸芬芳。这番话似乎让阿依母女有了更高的盼头，看到了更大的希望，在本来就优越的条件下，又多了一分优越感。母亲大概是受了某种刺激，拉着我匆匆回家了。似乎从此以后，阿依就成了我母亲眼中的福禄之首，经常拿那瞎子的"顺口溜"在我面前念叨。好像为她没有生出阿依那样的孩子而遗憾。这样的好事在小小的村子里很快传出去，经常有中老年女人当着她母亲的面大大地夸赞一番，阿依一家更是看重和骄傲。

随着时间的流逝，阿依大了，不过她还是一如既往，怕晒，怕累，父母也舍不得她受一点委屈。就是上学期间，如果夏天太热，如果冬天太冷，如果春天风太大，如果……阿依也不会去上学的。大概，她也觉得自己不同于我们，命中注定就是"吃头份，穿头份"的人吧！时间依然流逝，我们渐渐长大。阿依平静地期待着她的好命成为现实，而我在辛苦学习备考，彼此似乎少了儿时的共同语言和目标。

后来的后来，我毕业后参加工作，结婚生子，来到城里，忙忙碌碌的，就很少和阿依见面了。但能经常听到她的消息，说她还没结婚，还在挑选她的白马王子，不只是她挑，她的父母更是挑剔有加，因为他们知道女儿的命不一般，他们要对得起女儿的命，更要对的起命运的安排。我也默默地盼望着她的好命运快快变为现实。

有一次我回老家，母亲告诉我说阿依结婚了，听后我既惊讶又替她高兴。问其"白马王子"的情况。母亲颇有感慨的说，一个比她大十来岁的男人，看上去比实际年龄更大，头顶都秃了，牙齿也很脏乱散……。这男的是接了他父亲的班工作的，在某小镇医院上班。婆婆早逝，公公后来也没了，现在只有一个守寡的后婆婆和一个小叔子，家里的房子是婆婆和小叔子住着，她只能去丈夫单位附近租房住……。这以后，我就很少听到关于阿依的消息。

一次回老家，母亲说阿依也在娘家住着，已经有三个孩子了，都是女儿，看样子还想要儿子。我听了很高兴，很久没见了，于是马上去了她家。她和三个女儿都在，她穿的实在朴素，尤其是那鞋，大概穿了很长期间了，已经看不出颜色，底和面儿的边都裂开了。她一直没工作，也不想工作，因为这些孩子就足够她看的啦！一家人的生活就靠着她丈夫那点微薄的工资，过得很累。我们岔开话题，说了些无关紧要的别的。我的脑海里，总是浮现出那穿着洋气好看的小姑娘的样子。那令我羡慕的红色小皮鞋，那夏天穿的蓬蓬袖的花上衣，那带胯兜儿的小短裤，那漂亮的辫子上美丽的蝴蝶发卡等等,如今却是一个体无形状面无光泽的女人了!我委婉地说,现在我有几件衣服在老家放着没穿,还新着呢,放着也是放着,你挑几件穿行吗?她笑着,断然地摇了摇头,我只好理解作罢。最后把我背着的一个她女儿非常喜欢的包留下了。

命运啊!看来并没有多么的眷顾她。别时,我的心里酸酸的。

一晃许年,晚秋的一天我回老家祭奠逝世一周年的老父亲,小弟弟告诉我,阿依死了!就在前几天。我不禁愕然,茫然地看着弟弟半天说不出话来,脑子里空空的。她虽已不算年轻,但毕竟还不是该走的年纪,我禁不住哭了起来。然后又问了问她家近来的境况,小弟说,她丈夫早就瘫痪在床了,房子一直是租赁的。女儿们也是因为家庭负担太重,没有小伙子愿意承担这个沉重的包袱,所以女儿都不小了,至今还一个也没有嫁出去。她走时也没有几个亲人相送,除了娘家去了两个族亲,只有三个女儿在侧哭得死去活来……

我突然想起小时候那瞎子给她算卦的顺口溜来,心里愤愤地想:去他的"瞎大水儿",去他的不着边际的骗人的"顺口溜儿"。

我的母亲

基本天天能收到淑芳（母亲养老院的一位工作人员）发来的母亲的视频和照片，心里感到安慰的同时总是会想很多。

偶尔看到一则禅语说："要善待你的母亲，因为她下辈子不会再来；她的大半生为你而活"，不禁感慨万千。于是昨晚梦见了母亲……醒来就再也睡不着了，关于母亲的往事像电影一样在脑海中浮现。

母亲在娘家是最小的女儿，外祖父母一家人对她最宠爱。曾听大姨说，母亲在娘家是宠着长大的，直到结婚前，姥姥都没有舍得让母亲下过厨房。可是自从嫁到我们家来，就彻底改变了做女儿的一切习惯，改变了自己人生的命运。

祖母用曾祖母管理媳妇的方法来管理母亲和婶婶，而婶婶是在外地跟叔叔生活的，很少回老家，母亲就承担起了女人在家庭的所有责任……

在我的记忆里，我和祖母经常在一起，祖母非常疼爱我，似乎我是祖母的女儿，和母亲的故事很少。以至于我五岁时和祖母去远在东北的叔叔家，待了很长时间，有人问我想不想母亲，我都说不想，的确是不想。直到大了，也可以说等到我也成了母亲，我才渐渐的理解和关心起母亲来。在我的印象中，母亲一直是默默地、任劳任怨地为我们劳作着，付出着。她毫无怨言，也许，就是有多少委屈她也不会说，也没有地方去倾诉。因为我不懂他，半为妈宝的父亲未必懂她，祖母更不可能懂她，而她，在我很小时就没有了父母……现在想来，母亲心一直是孤独的无助。

　　我很小时父亲就离开家去外地工作了，母亲和祖母带着我和弟弟，一家四口就看着母亲去生产队劳动，风里雨里，春夏秋冬，我很少能和母亲在一起玩。似乎母亲就是我们家里的保姆，她需要照顾关心家里的所有人，却没有人去关心照顾她。她的默默无言，我当时觉得是应该的，理所当然的，认为我们的生活状态就是那样的。

　　母亲的身体很单薄瘦弱，但要做着一个健壮女人所能做的一切。三更半夜里她冒着寒冷的东北风，去远在十几里外的村子去她的舅舅家买粮食，因为迷了路，回到家时衣服都被汗水湿透了。她告诉我们说，她非常害怕，走到了她母家的坟场，最后想想她的父母也葬在这里，有什么怕的……以此壮着胆子才走了出来。母亲说着说着就哭了起来，当时的那种无法形容的害怕和委屈，对于一个弱女子来说，心里不知承受了多么大的痛苦伤害。我想如果当时我能理解她，也一定会抱着她大哭一场……这样的事情很多很多，父亲在外工作，母亲用她那弱小的身躯，顶起我家的整个天空。

　　后来我和弟弟妹妹相继结婚生子，母亲又担起了给我们照顾孩子的任务。我们的孩子，吃的穿的一切都由母亲操持。因为有母亲，我也把孩子放到老家，可以全身心地投入工作。微薄的工资，除了生活和孩子，根本没有给余钱母亲。这样的日子直到我离开家乡来到城里。

后来我每次回家，说是看望老人，其实每次在家小住，都是母亲千方百计做好吃的给我们吃。我很少动手帮母亲做过什么。后来我的孩子大了，我的生活越来越好，直到祖母走了，我才知道关心起母亲。有时候让父母来城里小住，只能是小住，因为母亲的观念是，女儿家不是久住的，只有依赖儿子才是正理，所以母亲在子女中尤爱儿子。

母亲有两个儿子两个女儿，在处理我们之间的矛盾时，不论怨谁，母亲首先要惩罚女儿，这种偏见和母亲在娘家时的家庭熏陶分不开的。我的外祖父母有五个女儿，只有一个儿子，就是母亲唯一的哥哥。用母亲的话说，她哥哥很有出息，开着公司，因了哥哥，她们一家生活在当时的大城市哈尔滨，生活非常优越，可惜哥哥英年早逝，姐姐们嫁了人，最后只有她和父母回到了农村老家……

在她眼里女孩子是没什么用的，尽管她也很爱很疼我们，但这只能是在没有和儿子发生矛盾的情况下。

我不知他人的母爱是怎么样的，但我总觉得，我的母爱和别人母亲的爱有所不同。有句歌词说："知心的话儿很母亲说说"，而我，却不记得跟母亲说过多少"知心"话儿，记忆里只知道母亲默默的伺候着我们，帮助着我们，疼爱着我们，就是我有事病了，甚至病得很重，当我醒来母亲只是默默地坐在我身边看着我。祖母在世时，在我的眼里心里总觉得只有祖母是老年人，有时我回家探望，走时如果母亲在外面忙碌没有在家里，祖母就说：你走吧，不用跟见你娘了，于是我就顺从地离开，心里觉得也没有跟母亲见一面说一声的必要。

一切在岁月的流逝中发展着，母亲老了。她代我们照顾父亲，从来不让我们为父亲的事操心，一直到在母亲的精心照料下父亲离开。可怜的母亲就彻底成了一个孤独的人。特别是到了晚年，我每次回家看他们，母亲总是形影不离的跟在我身边，好像一会也不愿意离开。每到我离开时，父亲因为哮喘我不让他动，母亲一定要把我送到巷口，看着我上了车，车来了才慢慢地转身离开，别人跟母亲说，她经常来你送她干嘛，她都会貌似平静地说："送一回少一回，看一眼少一眼啦！"那心里的不舍，我都看在眼里。离开母亲，一路上我都在默默地背诵那首唐诗："萱草生堂阶，游子行天涯。慈亲倚门望，不见萱草花。"作者我忘了。

　　我很少看见母亲流泪，我想那不是她多么坚强，而是多年的磨难告诉她，眼泪根本安慰不了她那颗孤独受伤的心。

　　母亲小脑萎缩，一开始还没有显出怎么样，渐渐的大家发现，母亲会表现出一些让人不能理解的行为来，类似的行为越来越厉害，比如夜晚不睡觉，无论拿起一件什么东西，半夜敲孩子们的门，闹得别人无法休息。平时会把家里的东西藏起来，当需要时再问她，她却一脸茫然，并生气地说是别人栽赃她。她也会经常生气地说别人偷了她的东西，自己表现出一副忍气吞声的样子。有时就拿儿媳妇撒气。最后就跟孩子们养的宠物过不去，以致去拿脚踹小狗被咬伤，给她敷上药就自己撕下来……伤好后趁大家看不见自己下台阶摔裂了胯骨，又是由于趁人不注意在炕上掉下来几次，就不能走路了。母亲本来爱干净，好强，所以她更接受不了这一切。时而明白时而糊涂的母亲心理变态了，弟弟妹妹苦不堪言。最后我只得把母亲接到了城里，可母亲住不了我家，而且我还要去外地照顾孙子，太累了，弟弟妹妹也不愿意母亲回他们家去，最后在一位老同学的介绍下，我把母亲送去了养老院，与几个熟人和同学的母亲住在同一个楼上。母亲所有的费用我不要他们承担一点点。

　　有时候，爱的大门只能是半开着的，我不能天天守候在母亲身边，但我一定要为母亲尽到最后的责任。

　　如今我的老母亲已然高龄，在养老院过得很快乐，我和那里的姐妹也成了朋友，我不在母亲身边时我们就经常视频，她们也经常像对待孩子一样哄老母亲开心。我尽量多抽时间去陪母亲，孙辈的孩子们更是经常去看望老人家。但母亲只认识我一个人，每看见我都会喊着我的名字，笑着说着我半懂不懂的话。每次离开母亲时，母亲也面露不舍，我心里总有说不出的滋味。因为，我总怕不知哪一次的离开，就是最后一次和母亲的见面。我默默的祈求上苍，唯愿母亲健康长寿，尽量多一些时间和我在一起。我对女儿说，虽然我不能天天陪着她，但我知道她老人家就在那儿，只要我去，就能随时看到她。

　　每当和同事或朋友说起父母亲人，我都会说：我还有年迈的老母亲，我还是孩子。他们都会向我投来羡慕的目光。因为，有母亲在，我的心永远不会老，我的音容也不敢改变。

难忘故乡冬
夏的晚上

童年的记忆里，故乡美好不仅仅分春夏秋冬，更要分白天和晚上。春与秋的白天，是我们的最爱；冬夏日的晚上，最令人难忘。

夏日的白天，骄阳似火，田里劳作无异于浴火奋战，痛苦的炙烤，让人们暂时忘记了日子的艰辛，被疲累和汗水浸透的心，只渴望瞬间掠过的清凉，渴望着晚上。

晚上，月亮把炙热的空气慢慢梳理分散，空气渐渐地变清凉。这个时候，一家人终于能放松身心，坐在院子里乘凉。

月光如水般洒下来，我们在院子里放一张小桌，小桌周围摆上竹椅或小凳。桌上放上几只茶碗，一把古朴的陶瓷壶盛着茶水，母亲一一把茶碗满上。奶奶轻轻地摇着蒲扇，母亲恬静地坐在小桌旁。那种惬意和温馨，无法用语言表达，只能用心默默地体量。

大门外的宽巷口，宽敞整洁，各家的长辈在这里谈天说地，古今善恶，神鬼精灵，那些想象丰富的故事，在他们的描述下，就如发生在昨天，那些仙子幽灵，好像就隐藏在我们身旁的某一个看不见的角落里。让我们既害怕又想听，舍不得离开，以致还默默的期待明天的这个时候快快到来。

黑黢黢的野外，不时的会传来一声呐喊声，悠远而绵长，那是被派往田间"守青"的人发出的声音，意在告诉那些想趁晚上偷田里庄稼的人，让他们趁早打消这个念头，免得被发现自己没脸。

池塘里的蛙儿不时的发出轻轻的私语，夜鸟在树上偶尔也梦中浅唱。这样的声音似乎和孩子们心灵想通，往往勾得原本不安分的童心，向旷野奔跑向树林里张望。似乎老人们讲述的那些故事中的仙女精灵，会悄悄的来到我们当中，给大家讲天上的故事，讲我们心中最神秘的星星和月亮。

夏日的夜晚在人们的感觉里总是那么美好，美好的如一个甜蜜的梦，沉浸在里面不愿意醒来。而夏日的夜晚却感觉是那么短暂，短的月亮还没离开就匆匆迎来了太阳……

故乡的冬日，白天也不如夜晚有趣，那永远忙不完的事情，总是把大人和孩子们隔开很远很远，早出晚归的忙碌，北风凛冽的凄冷，谁还会去欣赏野外的冰封苍茫。

可是到了晚上，特别是晚餐以后。小小的煤火炉暖暖的放着红光，一蓬光晕带着温馨的热量，向着屋子的各个角落扩散蔓延，亲人们能回家的都回到了家，挤挤挨挨说说笑笑欢聚一堂。奶奶搬出她那辆油亮发红的纺车，慢悠悠的把线拉的好长，母亲纳着鞋底，享受着着岁月静好，憧憬着心中难以描述的希望。

煤火炉时时温烤着一壶热水，随时添续在旁边小炕桌上的茶碗里，碗里的水永远冒着热气，氤氲着茶香。这个时候如果有邻居串门叙话家常，那情景气氛，将会更添一分热烈。

　　屋外小伙伴们的呼唤，有着不可抵抗的诱惑，任大人们怎样呵斥阻拦，也挡不住去夜幕下捉迷藏快乐。虽然冷，尽管凉，唯愿冬夜再长，再长……

　　故乡的记忆，多是埋藏在心底，偶尔触碰到回忆的按钮，就回像一幕幕电影一样在脑海中迅速播放。那回忆有甜蜜也有感伤，有快乐也有怅惘。故乡的记忆是一个永远值得怀念的童话，那童话里也有仙子和巫婆的较量。

　　故乡，身在远方故乡是诗，小住是无尽的情和纯真的爱，故乡，是人生中一篇写满酸甜苦辣的林林种种的文章。

父爱，点点滴滴汇成海

在我们的生命里，有一种爱，博大深厚，无疆、无形、无私，而它却是通过点点滴滴的凝聚，丝丝缕缕的牵挂表现出来的。这种爱里，融进了你成长的全部过程，也融进了他的整个世界。

长大后记得一次我与父亲闲聊，父亲幸福满满的说："自从有了你，我才觉得自己才真正是大人了。"我说："我与你正好相反，只要有你在，我觉得我永远是孩子。"

还没有来得及认真思考过父亲老的时候会是什么样子，父亲竟然老了，而且是匆匆的，不仅仅是外表，而是整个身体和行为。偶尔有一天和父亲在一起，认真地看着他，忽而有了那样的感觉。如今父亲走六年了，那点点滴滴爱的往事，时时袭上我的心头。

我最早对父亲的感觉记忆，是他的溺爱和我的淘气。那是一天的中午，母亲和祖母在厨房做饭，我坐在父亲的膝上问这问那，突然问父亲："你的奶能吃吗？"父亲虚报地说不能。我不相信，说着就在父亲的胸部咬了一口，直疼得父亲大叫起来。我哈哈地笑着松了嘴，父亲忍痛笑着说："咬人是小狗，以后可不喜你了。"竟没有一点呵斥和责怪，以后漫长的日子里对我也都是这样。

我记不清是什么时候，父亲就出了远门，我和弟弟经常很长时间见不到他。奶奶说过年时父亲才能回来，所以我们就天天盼着过年，还未上学的我和弟弟就每天在墙上划道道数天数，因为听奶奶说等画完了多少个，父亲就回来了。记得那年冬天的一个下午，我和弟弟在外面回来，父亲已坐在炕上等我们，我们却不敢靠近他，直到父亲拿出早已给我们准备好的糖果等好吃的，我们才一窝蜂扑入他的怀抱。当时母亲说是父亲的样子变老了，其实不是，至今我存有父亲当年的那张照片，就是那次回家前和几个要好的同事照了拿回来的，他那年二十八岁，英俊而潇洒。

不知怎么，天生我就觉得父亲是我们的保护神。记得有一年我与母亲去姥姥家，那天回来很晚，母亲拉着我的手在路上飞快地走着。初冬的季节，田野里已是一片荒芜，只剩下一些干枯的叶子在风的吹拂下发出"沙沙"的声音，我很害怕，不由得呜呜地哭了起来，母亲问我为什么哭，我只说不为什么。突然听到远远的传来父亲喊我的名字，我忙答应着，茫茫的夜色中，我看到一个高大的身影离我们越来越近，我知道那是父亲来接我们了。我边喊着边快步跑到他面前，顿时觉得什么也不怕了。我走到父母的前面，任四野传来夜鸟的鸣叫和风吹动树叶的窸窣声，那年我大约十多岁了吧。

上中学那年，星期天又逢乡下集市，我拿着奶奶攒下的几斤鸡蛋跟邻居姊姊到供销社去卖，一向粗心大意的我，走到半路竟不小心把鸡蛋都摔碎了，我顿时吓得怔在那儿。要知道，那些鸡蛋要卖两元多钱呢！

临出门时奶奶嘱咐我，卖了鸡蛋的钱要买盐、肥皂、煤油，剩下的还有别的用场。我哭着在邻居的帮助下把摔碎的鸡蛋拿回家来，奶奶母亲她们气得什么似的。当时父亲正好在家休假，她们说等一会让父亲回来看怎么打我，但我知道，父亲是不会打我的。的确，父亲听说后，笑呵呵的说："正好今天该着咱们改善生活，要不怎么舍得吃这么多鸡蛋呢。"我一听忍不住也笑了。父亲就是这么达观，一个真正的男子汉，一个令我终生信赖的人。

直到后来我上学，参加工作，每次离开家都是父亲陪伴着我，送我到目的地。后来我成了家，虽然已无须父亲在我身边，但我在什么时候都不害怕的理由依然是：有父亲在，有父亲呵护。悲伤时他可以找一大堆理由让我放平心态，困难时他可以给我出主意想办法指路子。直至父亲年纪大了，我有些心里放不下的问题还是愿意跟他探讨，愿意听听他的见解。在我心里，父亲永远是我倦了累了时赖以依靠的大树。父爱，点点滴滴汇成海，亲情，丝丝缕缕绕成山。

记得那年我回老家小住，早晨我依然如小时候那样睡懒觉，突然听到父亲轻轻地唤我："快起来，我不小心把裤子尿湿了，你娘手腕疼，你快去帮我洗了吧！"我马上坐了起来，父亲还自责地说："我不是经常这样的。"我看着他那一脸无奈的样子，极力掩饰着内心的感伤说："没事，人上点年纪这是很正常的事儿，好多老年人比你还厉害呢，你还是不错的呢。"父亲心里似乎有了些许的安慰，脸上露出了微微的笑容。

我从来没有想过，在我的天地间，我心中的那棵顶天立地的大树会变老、倒下。

父母的"老"在儿女的心目中不是渐变，而是偶尔发现的一件事情，让他们突然认识到的。真的，正如我，我还没有想过我心中那个高大伟岸的形象，那个蓬勃灿烂的灵魂会老，我那健硕、达观、开朗的父亲会老，甚至会永远的离开我，似乎这是某一个瞬间突然的事。而他的爱，却是通过点点滴滴注入到了我的肉体和灵魂。

　　岁月啊！在给我们创造了幸福和快乐的同时，也给我们制造了痛苦和悲伤，我们能做的，就是趁着拥有时倍加珍惜。

泪洒乡关：送父亲（原名：送别亲父）

　　我不敢想却永远忘不了那个令我心碎的场景，我永远地记下，待一个人静下来回忆。

　　父亲走了，永远的。时间定格在了 2016 年的农历十月廿九日下午 16 时 28 分。一周后的同一时间，父亲遗体入殓，从此就是再想见一下那已经变得静止的，憔悴的面容也已经绝对不可能了！我和弟弟妹妹去送他，按着风俗，小弟弟背着象征父亲身体乃至附着着父亲灵魂的"纸咕嘟"（老家就这么叫），大侄子用竹盘拖着，我和妹妹站在两旁，中间的供桌上放着两碗饺子和两双筷子，我和小妹一边拨着那饺子，一边小声的喊着："爹，吃了饺子上山去啊！爹，吃了饺子上山去啊！"这是我们家乡的风俗，也就是说父亲的灵魂要去家乡东南方向的泰山的。这样的话我们重复的说着，我的泪水模糊着眼睛，冥冥之中似乎看到我亲爱的老父亲慢慢地向前走着，那高大的身躯逐渐变得单薄，那曾经陪伴着我走过风风雨雨几十个春秋的熟悉的身影离我越来越远，逐渐在我的眼前变得模糊。我大声地喊着：爹——！您别走啊！我无奈的喊声湮没在冷风中……

据说东南山就是泰山，我想象着，在那云涛滚滚的泰山南天门，我似乎看到父亲和祖母等亲人的影子，在那怪石嶙峋霞光万道的玉皇顶上，我仿佛看到我的父亲遥遥向我走来，喊着我的名字说："我们又见面了。"……我相信天堂的存在，那里就是灵魂也或生命永恒的归宿。我相信来生，那就是：我还是父亲的女儿，永远……永远……

接下来是向父亲行礼，男先女后，挨到我给父亲行礼时，我深深地低下头然后跪了下去。二十年前，也是在这同一个地方，我送别祖母，还不算老的父母就在我的身旁……整整二十年后的今天，我送别父亲，这是我又一次天上人间的送别，这个世界上，我又少了一个至亲的人！

我听人说给离开的亲人磕的头越多，梦里见面的机会越多。长这么大，我还没有给父亲嗑过一次头。这天，我磕了一个又一个，已经记不清磕了多少个，唯一的目的，就是在我的有生之年多梦到他几回……

父亲十分爱自己的家，他善待所有的亲人。父亲不仅相貌英俊，还是一个兴趣广泛的人。在他上班期间，曾遇到过好几个爱慕者，问他的婚姻状况，他都会婉转地告诉她们自己有一个幸福美满的家和几个可爱的儿女，他对他们有多么地爱，他得子女又是多么地爱他。父亲爱自己的家族、亲戚以及所有的亲人，他们也都非常爱他。父亲经常和我们说起他小时候的故事。他的祖母每次回娘家一定会带上他，他的那些舅爷爷们会千方百计地哄他开心。每当说起这些父亲的脸上就会洋溢着一种幸福与快乐，似乎又回到童年。

父亲是一个有着很强的责任感的人，祖父去世时，父亲不满十五岁，当时他的祖母也就是我的曾祖母曾哭着说：儿子没了还指望谁呀？有人劝曾祖母说还有父亲她的孙子时，曾祖母无助的说：眼珠子都没指望上还指望眼眶子吗？当初父亲听了就暗暗地想，一定要替自己的父亲孝敬好奶奶她老人家。父亲长大后，每挣一分钱都要首先花给他的祖母，以致后来让曾祖母感动地说：我没想到能指望上我这个好孙子。

有一次我和父亲畅谈，父亲曾这样告诉我，使我一生受益匪浅。父亲心里记着每一位祖辈的名字，通过跟他交谈，我也知道了我的那些先辈的名字和一些故事，知道我们这个家族的历史——例如我的祖父、曾祖父、高祖父乃至祖坟上的那位老祖宗，受父亲感染，我和父亲在老屋里边说边记，写下了一个简略的家谱，父亲特别高兴，我整理成两份折叠好，一份给了父亲，一份给了本家的一位叔叔。

父亲离开了我们，虽然他一直有老年病，但他自己也没料到他会走得那么突然，所以我写的那份"家谱"不知他放在了那里或是弄丢了。

凉凉的北风吹着，雾霭渐浓渐湿重，似是在同情我无限的悲戚。送殡的队伍慢慢的向着东南方向走着，我大声地喊着我的"父亲——"我知道，今生今世，我再也见不到那最熟悉的高大的把我护佑成人的身影，再也听不见那令我魂牵梦绕的这个世界上我感到最动听的男中音，再也见不到进入老年后那微驼的、背着装满我爱吃的东西的包裹走进我家门的老人——

我的父亲走了！从此相见只能在梦里。至下午七点多，父亲终于平安入土了。我大哭着，捧起最后一抔故乡祖坟旁的黄土添加在父亲的坟上，这是此时此刻我为父亲做的唯一的，最后的一件事了。我站起身，浓浓的雾霾顿时把我和父亲的坟隔开了，把我和周围的一切隔开了，遥望暮野，一片烟雾缭绕化作虚无……我仰望苍天默默地问：为什么这样的残忍？那个在我害怕时随时能保护我的人，那个在我要摔倒时随时站起来挽着我的人，那个生我养我看着我长大却从没有要求回报的人，那个再苦再难从没向我张过一次口的人，那个在我困难时竭力帮我在我幸福时与我共享快乐的人——我亲爱的父亲，就这样被强行在我身边被夺走了，我去哪儿讨回公道？

......

我唯一欣慰的是，我最敬爱的老父亲走了，走得坦然，走得安详，走得了无牵挂。

故乡的元宵节

　　故乡有一句谚语："八月十五云遮月，正月十五雪打灯"，也就是说如果中秋节这天是阴天，那么来年的元宵节就会下雪，也就没法"放灯"了。人们扎好的灯笼就会被雪花扑灭，也既所谓的"雪打灯"。

　　故乡的元宵节不仅气氛欢乐，更是丰富多彩，充盈着很多富有特色而神秘的故事。尤其是到了晚上，简直是妙不可言。

　　首先是像除夕夜那样燃香粉纸点蜡烛放鞭炮，接下来一系列的风俗故事就开始上演了。

　　先说"测雨水"，就是提前精心的挑选出十二枚个儿大饱满圆润的大豆，选一节长而粗细均匀的高粱秆，从顶部劈开，在里面等距离挖出十二个能放入黄豆的小坑，把黄豆平放进去，再把两半高粱秆合起来用绳子紧紧的扎好，泡在自家的水缸里，第二天早晨捞出来打开看，从当时放入的第一颗开始数一至十二颗，由它们膨胀的程度来看，哪些膨胀的厉害，就说明那些月份雨水大，否则就是雨水小甚至干旱的月份。

再就是"观年景"，就更有趣了。在院子里放一个广口的大大的水缸，水缸不是所有家都有的，我们大院里就有这样一口大缸，似乎就是专门为这项活动准备的，长年放在二奶奶家的院子里。元宵节的下午，就已经把里面装上了水，水面要距离缸口一尺左右。等到月上中天，一轮皎洁沉入到水里，有身份的老人们就会过来，轻轻的手扶缸沿儿向水缸里面观看。清澈的水中一轮圆圆的月亮，在微风下水纹儿微微荡漾，月亮在水中轻轻的泛着银光。据说这时透过深邃的水面，就会看到五谷丰登的动人景象。随后就会听到看过的老人们严肃、凝重而欣喜地说：好年景啊！随后人们就同声附和，接着我们也跟着欢呼起来，那场景简直是神秘而充满着希望。

接下来就是"看麦影"了，这是最热闹有趣的一个节目了。需要到麦田去。大家打着各自早就糊好的灯笼，纷纷来到集体的麦田，把灯笼整齐地顺着麦畚放在田头，然后熙熙攘攘地走到麦田的另一头，蹲下身子，迎着灯笼柔柔的光晕向对面望去，绰绰的光影里，还在熟睡的麦苗因了灯光的角度，似乎长高了许多，在微风下轻轻摇曳，似是麦浪滚滚，丰收在望。这时有人问：看见了吗？对面马上有人回应：看见了，长势不错啊！随后大家此呼彼应，欢呼雀跃，好像那香香甜甜的白面馒头就在眼前，就在餐桌上，甚至已经拿在了我们的手里。然后再放鞭炮，燃烟花，热闹很长时间才满怀着无限的喜悦回家。

这样的情景不仅在当时感到快乐，而且大家回去会奔走相告，逢人便说，甚至整个正月都会沉浸在这美好的憧憬之中。

这一系列的故事都需要一个充要条件，那就是晴天。如果稍有阴天或云太多，都是做不成的，所以故乡的人都盼着元宵节是一个晴好的天气。所以从头一年的中秋节就开始注意这个问题了，并总结出了这样的规律。

　　这些充满神秘色彩的美好故事，不仅给我们增添了无穷的快乐，更体现了人们对未来的美好期盼和憧憬，对生活的信心和乐观。故乡的元宵节，就在这样的气氛渐渐远去，直至跟人们的信心和希望彻底的融化在一起。

　　如今，人们的好多梦想已经变成了现实，有的梦想正在实现的路上，不知故乡那些美好有趣的习俗，是否还在延续着。

碧水莲塘

　　来到家乡的衡水湖，看到湖滨一塘塘的荷花和睡莲，突然觉得，夏日里如果不与荷相见，不与莲共处几次，不与她们密切地接触，这个夏天可以说会过得有点单调冷清，甚至乏味了。

　　家乡的衡水湖，是世界著名湿地，一望无际的湖面，远远望去波光粼粼，如浩瀚的大海。这里孕育着无数种可爱的自然生命。且不说那湖面辽阔，烟波浩渺，但就湖滨浅水处那美丽的荷花、睡莲，就让人叹为观止，流连忘返。多年来这里是鸟类繁殖集聚的摇篮和乐园。一年四季，活跃着鹳、鹭、鸥、野鸭、鸳鸯……等等无可胜数的鸟儿。每到荷花盛开的时候，它们便会乐此不疲，一会儿突然腾空飞去，一会儿落在高高挺立的荷苞上，嘻嘻闹闹表演着各种姿态花样。

　　浅水处一塘塘的睡莲，红的白的紫的黄的粉的，有的是一塘一个颜色，有的红黄相间、红白相间……等等。就那样按照人们最喜欢的方式生长着，排列组合着，真难为栽种这些天然奇葩的人，为了绘制这美景，用尽了艺术手法和巧妙心思。我在很多地方欣赏过荷，可如此之多之盛的睡莲，却还是第一次见到。

睡莲的名字还真不负一个"睡"字，上午我们会看到满塘花儿朵朵，热闹纷繁，而到了下午，再去看，却只有满湖翠绿了，这时再寻那莲，则一个个都闭合起来，俨如待放的花苞，顶上只浅浅的裂开，颜色微露，如美人轻启绛唇，露出不易察觉的笑意，别具一番风情。

返回时无意中看到一朵莲被人摘下来弃置于路边，十分怜惜，便捡回家插在灌满水的瓶子里，清晨八九点钟，已经玲珑剔透的绽开了，到了下午，又慢慢的闭合起来渐渐成了花苞，以后几天都是如此，实在是神奇而可爱。

来这里赏莲，又和它处不同。美丽的莲花不仅仅是让你远远的观望，或者需要拉近镜头拍照，而是让你近距离的和它接触，荷塘边有高低不同的宽宽的石子或石板小路，一阶阶渐渐伸入水中，栈桥的桥面很低，几乎紧挨着水面。那莲就在你的身边、你的脚下，触手可及，能细查那花瓣，嗅到那清香。涟漪轻荡的水面上，浮着一片片一重重或翻卷或张开的莲叶，墨绿油亮，上面一朵朵晶莹透亮的莲花点缀其上，看去如繁星点点，美丽的让人禁不住心跳动容。

在这样的环境里，人们似乎回归了本性，找到了柔情，摒弃俗念，心灵变得超凡起来。脱掉鞋子下到水里，慢慢地走向更深处，弯下腰轻轻的抚摸那仙态可掬的莲，捧在手里细细地欣赏，再轻轻地放下，既爱不释手，又怕惊扰了她。爱莲人的心啊！也如那莲，情在高雅处，意在不言中。

在蜿蜒幽长的湖滨小路上，在曲折古朴的长长栈桥上，人们慢慢地走着，欣赏着，赞叹着。有的撑着伞，有人掐一片硕大的荷叶罩在头上，还有采莲人向游客售卖刚刚采下来的莲蓬,我也向湖区采莲人买了几支。一外地游客中的女子,问我莲子好吃吗?我不无自豪地说:我们家乡的莲子非常香甜。说着我剥了一颗给了她,女子连连说好吃。她又问这么好看的莲蓬等到带回家去是不是会坏掉?我说不会,它会慢慢干燥变成黑褐色,但依然不失优雅美丽,插在瓶里还是很有情调的。

是的,古人有"留得枯荷听雨声",红销翠减美也然,只要是真爱,是不会在乎它的形色的。

回来的路上我想,在这绿肥红瘦,酷暑难耐的季节里,唯有莲,独居一派清泠,开得花团锦簇,让人赏心悦目,抚慰人们枯燥孤寂的心,是佛意吧!这美丽圣洁的使者,就生在我天堂般的故乡。

初夏，故乡的麦田

时值初夏，又想起家乡的麦田。

家乡的麦田，那是一个多么令我向往的地方啊！每年的这个季节，父老乡亲们就会来来回回不停地往麦田里跑，似乎家与麦田成了一条割不断的线，也更是一个催不醒的梦，因为，那一年一度的希望就在这条线上跳跃，那一个个美好的憧憬将在这个梦里实现。

一连串的农谚都关乎着这个季节的到来。从"三月十五没（mo）老鸹"到"立夏麦呲牙"，再到"小满灌浆"，"芒种黄熟"，也就是用心用情看着自己的劳动果实小麦，从长高——抽穗——结籽——成熟，直至收割。人们不仅是用眼睛看着，用心盼着，更是用一种特有的感情来期望着，期望着自己的劳动没有被辜负，被埋没。这是多么殷切的心路历程啊！

每逢这个时候，人们所有的言谈话语中，都是同样的话题：谁谁家的麦子长势好，谁谁家的又丰产了，你家当初施肥适时，我家当初……

夸人的一脸真诚，被夸的满面自豪。喜悦，攀比，找原因，总之都离不开丰收在望的小麦。

离开老家后，每到这个时候我回到老家，就一定和父母一起去麦田里看看，有时候一个人去麦田，一呆就是一两个小时，欣赏，回忆，描画（不专业不敢称写生）。看着那绿油油的麦田，那微风吹拂下的绿波荡漾，心里就充满着无比的亲切。幸福的回忆就会像电影一样一幕幕浮现在脑海里。

小时候，记得我们有一次去田里拔草，打闹起来把田里的麦苗糟蹋了一片，被遛田的老爷爷看见了，对我们好一顿呵斥，还让我们站在一起，训斥我们说：看把麦子糟蹋的，你们知道吗？这是上天给我们活命的最好的粮食，糟蹋它是有罪的。我们默默的听着，我旁边的一个小姑姑嗫嚅着问：糟蹋其他粮食呢？老爷爷说：都是有罪的。我们看着老人认真的样子，都相信他说得是对的。回家我们告诉了父母，他们也都说老爷爷教训得对。可能那老人教育我们的理论是朴素的、狭义的，但他对劳动成果的尊重和爱是深沉的、博大的，或者说是对人类赖以生存的自然和土地的敬畏。从此，我们都学会了爱惜每一粒粮食，直至后来我们长大了，也一直保留着这个良好的习惯。

多少年来，在我的记忆里，收割小麦是一年中最苦最累的时候，可是乡亲们从来不在乎这些，因为在大家的心里这也是一年之中不可或缺的收获盛事。大家都知道，小麦一直都是人们奢侈的食品，餐桌上只要有它，就是生活中最幸福的事情了。

其实在那个年代，我们的一日三餐是不可能这样的，珍贵而紧缺的小麦面粉，平时是不可能常有的，在老家，小麦面粉是用来招待客人或者是盛大节日才能吃，甚至只有谁生病时才能享用的。这不仅农村如此，城里也是如此，在所有的口粮中，细粮（小麦面粉）配给不超过百分之四十。记得刚参加工作时，有一次在县城参加培训学习，期间一个同学生病了能吃"病号面"，我陪着她一起吃的。其他同学不无嫉妒地说：你可好了，人家生病你跟着享受病号面。在所有人的眼里，小麦面粉是生活中最美好的食用品了。

如今，小麦成了我们的一日三餐，是我们餐桌上最普通的主食，在人们的眼里心里，它可能早已失去了原有的身份，甚至有时还会觉得它低于其他粮族。但在大多数人的心中，在真正了解和陪伴它成长的人们心中，它不但依然那么珍贵，那么可爱，那么甜美诱人，而且它永远不会走下人类尊崇的圣坛。

由于疫情，可惜我没有机会回老家，看不到今夏这美丽可爱的沃野碧海了，但那绿野茫茫，一望无际，满载着故乡人无限希望的，带着诱人的麦香和泥土的芬芳的麦田，依然在我的眼前浮动翻腾，把我带回到那魂牵梦绕的地方，那幸福快乐的时光。

思念故乡的春天

这个春天就要过去了，由于疫情，很久没有回故乡了，尤其在这个季节里，故乡春天里的情景更成了最美好的回忆，那形形色色景象，时时在脑海里浮现，似乎更加清晰，更加渴望，也更加锥心。

故乡春天的美，不仅仅是花红柳绿，而是美在情深处，美在人心中，美在一个个熟稔温馨的故事里。

故乡的春，始于田埂旁，池塘边，始于阳光所及的角角落落里。

在故乡还春寒料峭的时候，我们已感觉春天已经到来了。因为沟沟坎坎的向阳处，就已经有了早春使者的踪迹，那些小草已经破土发芽，很快就发育成绿茵茵的一堆堆小苗啦！

捱了一冬的人们早已等待不及，这时就会早早的来到田间，搜寻早发的芽菜了。这个时候的野菜不论品种，只要是发出芽来的，都可以采摘，什么苦苦菜、老鸹金、黄蒿、荠荠菜……等等，还有很多很多，我们根本叫不出名字的。其中有的到仲春后会变苦，但这个时候是绝对不会的。

　　特别是一场小雨刚刚过去，在湿润松软的田间苲地上（没有栽种农作物的空地），远远就能看到一墩墩儿的嫩苗，人们拿着菜篮镰刀，轻轻地挖起来，边挖边欣赏赞美着。即锻炼了身体又增添了无限乐趣。采回家的野菜吃法不一，各家的餐桌都会变得越来越丰富。随着野菜逐渐变老，自家的菜园里就慢慢丰富起来。

　　一说到故乡的春天，自然而然就想起故乡村旁的池塘。这里也是春天来的最早的地方。池水变绿，水向周围洇润，各种小草首先钻出土，芦苇也慢慢地发芽了。芦苇是孩子们一年四季最喜欢的，尤其春天那尖尖的嫩芽泛着紫红，拔一管在手，如一枚翡翠玉簪，拿在手里舍不得放下，因为怕它风干，我们都会把它插在盛上水的瓶子里。不仅仅是好看，而且那洁白如玉的根茎，一节节的，放在嘴里一嚼，甜甜的。还能泡水喝，清肺败火。

　　仲春是柳条最柔软的时候，可以拧下翠绿的皮做成柳笛，一群无忧无虑的孩童，瞬间就会吹出不同的声调，小村外时时响起美妙清纯的柳笛声，为这个美丽的春天增添了无穷的乐趣。

　　故乡的小河两岸栽植着各种树木，随着时间推移，春也越走越深，特别是田野里，麦苗青青，油菜金黄，还可以去麦田里摘菠菜，去苜蓿地里采苜蓿芽，扑蝴蝶。

　　故乡的菜园，是我心仪的地方。随着春日渐深，初夏渐近，各种蔬菜相继旺盛起来，郁郁葱葱，生机勃勃。菜花的香味，吸引着无数的蝴蝶蜜蜂飞来。各种蔬菜无需在家里储存，什么时候吃就随时去园子摘。故乡的人是朴实敦厚的，如果自家菜园里的菜没长大，就可以去邻居家的菜园里摘，过后只要别忘了告诉主人一声就行了。

每次回来家，最爱吃的就是自家菜园里的菜。记得有一次我对母亲说要带点茄子回去，母亲让我自己去自家菜园里摘，可是到了那里，望着大片的菜园，无数菜畦，却不知自己家的是哪块了！我灵机一动，就在各个菜园里摘了一个，竟然摘了满满的一篮子。拿回家母亲问怎么这么多？我就把实情告诉了母亲，我还对母亲说：如果我只在一个菜畦里摘，那家就没得吃了，这样每家只损失一个。母亲笑了，说以后出去看见大家顺便告诉一下。晚上我去街口玩，就顺便说起了这事，一位婶婶开玩笑挖苦说：看来真是懂事的孩子。惹得大家都笑起来。

　　故乡的春天是美丽的，有趣的，更是充满着父老亲人的温情的。

　　故乡的这个春天我没能看见，但我却放不下她，并一直思念着她。

手足情深

　　世界上只有一种感情，以同等分量和同样的形式存在于几个人的心中。当你痛苦时他也痛苦，当你幸福时他也幸福。世界上只有一种关系，斩不断，磨不灭。平时你可能感觉不到它的存在。而当你在最需要时，他会出现在你的身边，给你真挚的安慰与帮助。这就是亲情。

　　那年的冬天，离春节还有两天。正当我沉浸在迎新年的欢乐中时，一件意想不到的事情把我的心拉向了悲痛的深渊。晚十一点小弟弟打来电话，说我的大弟弟出了车祸，生命已无力挽回了。放下电话，我的大脑顿时变得一片空白，已不知什么是悲痛。眼前只呈现出大弟弟那笑眯眯的孩子般的样子。我叫了一辆出租车匆匆往老家赶，一路上只有侥幸的心理：莫非听错了电话，难道小弟在骗我速回，可能奇迹会出现……直至到了家，等到大弟弟那还带有余温的遗体被送回来时，我终于清楚地知道，我那从小相依相伴一起走过近五十年的大弟弟，真的永远的先我而去了。强烈的悲痛中，我喊着他的名字，头胀得像裂开一样却欲哭无泪。我的小弟小妹此时此刻也陷入极度的悲痛之中。我们为了安慰年迈的父母，各自强咽下悲痛的泪水，竭力劝慰着老人。此时此刻，兄弟姐妹共同的心声，在痛苦和不言中默默传递着，我那被悲痛撕咬的心也略略得到些许安慰，因为我觉得不孤独。姐弟四人中一个先去了，还有三颗心在相互抚慰着。我们会好好的活着，替父母失去的这个大儿子多尽一份孝。小弟弟擦干眼泪，深情地说："哥哥走了，我失去了一个膀臂，我的任务更重了，不过你们放心。"他看着侄子和侄女继续说，"我哥没完成的事我一定帮他完成。"小妹也说："算上我。"我们姐弟三人紧紧地拥抱在一起。

送走大弟弟，我冷静下来。一些往事如电影般在脑海中闪现。记得小弟弟曾向我抱怨哥哥，说他懒散不知帮自己干活，说他粗心经常办砸了事情，说他性子直而得罪人还得自己帮他平息，说他刚愎自用，说他胸无大志，并且曾因观点不一而争吵并决定不再来往等等。但这一切早已不算什么。

自大弟弟出事后的凄风苦雨中，我们相互安慰，相互关爱。每逢出远门，都会相互道一声平安，然后默默为之祈祷。有一次，我和小弟弟为大弟弟的事情奔波，办完事我们各自乘车回家，小弟把我送上车千叮咛万嘱咐，一路上千万注意安全。回到家后，我即打电话告诉他我已到家了。谁知他的手机老是在"通话中"，终于接通后方知，我们都在忙着给对方打电话报平安。我们说着笑着又哭了。就这样，我们相互牵挂着，鼓励着。

过完春节，我们去给父母拜年。一家人聚在一起吃饭，小一辈儿也暂时忘记悲伤一起说笑。我悄悄地对小妹说："今天我们一大家人在一起，如果再有你大哥那该多好啊！"小妹说："可是姐姐，以往有他的时候我们也没有感觉到什么呀。"是啊，当自己的亲人在身边时并没有觉得怎样，而当失去时，才知他在心中的位置是多么的重要。

料理完大弟弟的事，我们一边折腾弟弟的官司，一边给侄子张罗着买房。为买一套价廉物美的房子，几乎走遍了房产中介和房产开发区。在不到一年的时间里，我与小弟小妹终于把该做的事情做完了。打完了官司，给侄子买了房，并操持着让侄子结了婚。当我们在人们的赞叹声中做完这一切，当看到年迈的父母为之高兴时，我更加体会到"亲情无价，手足情深"这个人世间最伟大的话语的含义。如果不是这无价的真情，如果不是这血浓于水的亲情所凝聚的力量，我的大弟弟九泉之下何以瞑目，我们的家何以从痛苦的深谷中挣扎出来。

如今，我们各自的家又各自在幸福轨道中前进着，在前进中幸福着。我的心在默默地对自己说：亲情无价，亲情无价啊。

丙戌年的春天来得很早，廿七日这天，阳光明媚。立春刚刚十天，人们已感觉不到丝毫冬天的寒冷。和煦的春风拂在脸上，使每一个人都觉得惬意。我们姐弟同父母子侄沐浴在这早来的、带有万分恩赐的春风里。我们在不言中传递着一个信息：今天是大弟弟的周年忌日。痛悄悄地在我们的心里扩散，爱也悄悄地在我们的心里扩散，不过希望也在悄悄地向我们走来。

我与小弟小妹带领子侄们祭奠我的大弟弟，悲喜交加令我们热泪流淌。回想过去的日子，我们肩并肩手挽手终于战胜痛苦，替大弟弟完成了任务，使父母得到了安慰。家像一只遇风的小船终于又向着幸福的彼岸启航了。红彤彤的夕阳照着大地，大弟弟与祖辈的坟也被笼罩上一片迷离的光晕。我举目远望，我的大弟弟似乎向我们走来，脸上还带着那孩子般天真的、永远不知忧虑的微笑。

又是樱花盛开时

　　玉渊潭的樱花盛开了，我一定要去看看。不是为了赏花，而是因为，那纷繁热烈的盛境里，有我难忘的记忆。

　　第一次见到玉渊潭的樱花盛开，还是在十多年前的那个樱花节期间。那是一个十分美好的日子，年逾古稀的父母由老家来北京旅游，我陪父母游览的第一个地方就是这里。那天春光明媚，和风徐徐，和我们的心情一样晴朗而美好。我一边走着，一边跟他们说着喜悦和赞美的话题。尤其父亲，他是第一次来京，走到任何一个地方，父亲都觉得是北京的景物，从心里感到喜欢。在八一湖的石桥上，父亲数着石栏，在湖滨，父亲拃量着老树的周长……总之父亲对这里的一切都那么感兴趣。

　　看着树上花团锦簇，地下落英缤纷，一向喜欢花草的母亲激动不已，一会儿把落花捡起来放到提着的包里，一会儿把新鲜的花朵放到树丛中，总觉得那花那树那情景是那么的美好，那么开心可意。母亲一下子像年轻了十几岁。我们走着，看着，欣赏着。雁影清风、柳浪闻樱、樱洲雁水、玉亭滴翠、留春园、远香园等等，一处处看过去。母亲一会快步走到这儿，一会儿又走到那儿，不时地喊着我去拍照。

我也尽量给他们多多留影，因为我知道，这样的照片可能不会有重复，这样的时刻不一定会重来。那幸福的情景，让我的心一直激动着。离开时我们一起说：一定再来。

……

一定再来。转眼十几年过去了，父亲走了，母亲已瘫痪在床，他们谁也不会再来了。我的家搬的离玉渊潭更近了，来这里的次数更多，每每来到这里，走到某一个景观处，我都会想起我和父母曾经来这里的情景，恍惚间，总觉得有他们的影子，有他们的足迹。

清明到了，由于疫情，我不能回去给父亲扫墓，不能看望卧病在床的母亲，我又来到玉渊潭……记忆的短片又渐渐地连接起来，越来越清晰，飞到我的眼前，远远的，我好像又听到那亲切的呼唤，看到他们向我走来。我拿出手机，打开镜头，向着我思念的方向，轻轻地按下去……

故乡的老槐树传奇

故乡的那棵老槐树，真真正正能担得起一个"老"字。人们至今也不知道它的年龄，但都知道它最起码也早已超过了百岁。

记得我很小的时候，村子里有一位老人，我不知道他的名字，他们家是祖传的推拿接骨世家，在村子里很受尊敬，几乎所有的人看见他都叫老爷爷。那位老爷爷须眉头发都是白的，长长的向下垂着，头顶上没有头发，露着光光的头皮，俨然我在画上看到的老寿星的样子。老人没有牙齿，见人总是微笑着，显得善良而友好，所以我们小孩子见到他也会叫一声老爷爷。听祖母说他早过了百岁。所以村里人谁有什么古早古早的问题，都会找他去问，他也总能给出满意的回答。而人们问的最多的就是老槐树的年龄。那老爷爷的回答是：在我很小的时候，也曾问过我的爷爷，我爷爷说在他还很小的时候，看见这棵老槐树就已经一搂多粗啦！老人的话，就算给这棵老槐树提供了一个老的佐证。

这棵老槐树生长在一家老院子里，那家的老人有三个儿子，当年分家时，想把院子扩大翻新，那棵硕大的老槐树碍了事，老人就想找人把它刨掉，谁知刨树的人还没动手，老人上台阶时就摔伤了，一等就是半年多。期间有人说三道四，主要是说老槐树谁也不知道多么老了，已经成精了，所以谁说动它就得遭殃。说的本家的老人也信以为真，所以再也没有起过动这棵老槐树的念头，后来他的儿子们也各自努力，都去了大城市安家立业，风风光光。后来就又听人说老槐树是祥瑞之树，更加没有人想动它了。

关于老槐树，还有一件更有趣的故事。有一年的秋天，村子东头和村子西头的两个年青人恋爱了，同村的人恋爱结婚，这是村子里有史以来以来从没有过的事情。两家的父母都如遇到洪水猛兽一般，觉得颜面扫地，脸丢到了祖坟上。两家人都恨不得棒打鸳鸯把他们拆散。谁知道两个人以死相抵，最后父母们也没了办法。这时村子里的一个老人自愿出头说：何不学学戏里的槐荫合，让他们两个都到老槐树下磕头，如果确是有缘，老天爷总会给个说法。两个年轻人也认了这个理儿，于是两家父母各拿了祭品去老槐树下膜拜。谁知两个年青人一跪下去，老槐树的叶子就哗哗的掉下来，落了他们一身。人们觉得这是天意，一致同意通过了他俩的恋爱和婚姻。如今他们早已成了年逾古稀的老人，子孙满堂了，他们过去的故事也湮没在了历史长河里。据说老太太多少年来逢年过节从不忘记去拜一拜"媒人"。

直至后来那家的老主人去世了，老槐树就成了这个院子里唯一的主人。

另据老人们说：抗日战争时期，乡亲们把两个受伤的八路军战士藏在老槐树旁边的屋子里，还派有一个村民专管往那里送饭。鬼子来了挨家挨户的搜了好几天，几乎把所有的犄角旮旯都搜遍了，连村子外面的破庙都没放过，愣是没找到人。于是人们对老槐树更加感到神秘并敬畏了。

到了后来的后来，人们的思想解放，不再迷信。有人想占用这个院子，并决定锯掉这棵老槐树。可也是在动手之际自身出了状况，从此就再也没有人敢生关于这棵老槐树的心了。关于老槐树，村里的人都能讲出一些类似的故事。但无论真的也好，巧合也罢，反正这棵古早古早的老槐树，就在这种神秘中生长着，无人侵犯，无人觊觎，也无人问津，自由自在的生长的越发枝繁叶茂，已经和一堵老墙合为一体，难解难分，成了村子古老的象征。

前两年回老家我问弟弟，那棵老槐树还有没有？弟弟说："有啊，现在更粗更旺盛了，那老院子的大门早没有了，反正谁也不敢动它，你去看看吧。"我真的跑去看见了那棵老槐树。的确，可以说树干更粗大了，中心已空，扁扁的厚厚的，外面生出了新鲜的皮，差不多把那段老墙包起来。

看着那棵老槐树，过去的故事又历历在目，而更感慨的是，这棵古老古老的老槐树，就是我们这个村子里的历史天书，还藏着多少不为人知的故事呢？只有老槐树知道了。

人生中，有些平凡不过的小故事，时隔多年仍记忆犹新，那是因为，印在心里的感觉从此没有被刷新或替换过，而一直完整无缺的保留着，成为了久远的拥有。

想起故乡，忆起童年，总有诉不尽的情愫，说不完的故事。

记得小时候，常带着弟弟跟小伙伴们一起随各自的母亲去田间，大人们忙于劳作，我们小孩子就做一些自己认为最有趣的事，比如捉蝈蝈、蚂蚱、蚱蜢，等到大人们收工时我们每人会捉一大串的。

回家后祖母就会把我们捉的这些小东西收拾干净，放上少许油盐，放在炒锅里炒，我和弟弟围在旁边，闻着焦糊的香味儿，不断地咂着嘴巴，然后看着祖母用筷子一个个夹出来放在盘子里。但我们谁也不会动手去拿，因为那些昆虫的名字不一样，好吃的程度也不同，我们要等祖母按大小、名字一个个平均分在我们名下，然后快乐地吃自己的那一份儿。当时那对于我们，绝不亚于今天的一次丰盛的晚餐。

若干年后一位朋友请客，为了提升筵席的档次，要了两份昆虫菜肴，其中就有炸蝻。后来有很多次这种宴席，每逢此景，便想起儿时与弟弟他们在一起的天真烂漫，清纯童趣。想起在祖母的关爱与宠惯之下的昆虫美餐，实在是一种不可多得的、而今不会再有的、无与伦比的幸福。

　　上小学时，一天我们的小村子里演电影，那可是有生以来第一次演电影。对于当时的我们，是不会也不懂挑剔电影内容的。反正是只要幕布上出现的动态画面，我们就认为那是电影了。那时演电影，在演正片之前总要演一段加片，也即加演新闻片，我们看得很专注。记得有这样一段情节：几个城里的小孩子放学回家，跑着一节一节的上楼梯，别的什么也不知道，但仅仅这一点就让我们很羡慕。

　　孩子们的心是相通的。第二天就都在议论这件事，自卑自家院子的平俗。弟弟思考了半天，终于想出了一个好主意，他把家里的木梯子搬来竖在墙头边，我们一节一节地蹬着慢慢往上爬，终于爬到了屋顶。墙外高大的洋槐树罩着屋顶的周边，时值槐花盛开的季节，我们坐在屋顶上，一串串雪白的槐花被风吹得摇摇摆摆，不时扫打在我们的身上脸上，花香四溢，熏染得我们遍身芳香，引来无数蜜蜂、蝴蝶纷纷飞来。母亲他们一遍遍喊吃饭我们都懒得下来。从此我们觉得也如城里的孩子，自家有了楼梯。

　　多少年后我们走进了城里，住进了楼房，楼梯成了每天的必经之路……回想当年，那情景，那心境，那氛围，每总有一种忍俊不禁的幸福和快乐！

想起家乡的那片花海

万物萧条的冬日里，总难免会有点落寞之感。闲暇，随意的翻看相册，回览过去了的时光瞬间，突然一组照片跃入眼帘——故乡的花海，一种亲切感油然而生。

近年来，家乡变得越发美丽了。小城的周边，开辟兴建了很多花田园林，和著名的世界湿地相辅相成遥相呼应，美好的自然风光吸引着大量游客前来观光旅游。平日里，经常收到朋友们发来的故乡一些美景图片，看后心里总是热热的。

上次回老家，已是深秋，天气已经很凉了。第二天与爱人开车去城南玩，走了十几分钟，远远看见路两旁一片姹紫嫣红向我们的视野飘来。我禁不住惊叹——哦，那不是花海吗？一望无际的鲜花，在广袤的原野里开的正美丽动人。

我们找地儿停了车，下来向着花海深处走去，一丛丛，各种花卉似乎丝毫没有受到深秋凉风的影响，依然多姿多彩，红的、黄的、紫的、蓝的、白的，各种颜色相互映衬、浸染、交错着，深深浅浅浓淡不一，格桑花，孔雀草、矢车菊……还有更多我叫不出名字的品种，一垄垄一趟趟，开得花团锦簇，五彩缤纷。一朵一瓣玲珑剔透，色泽艳丽。加之秋风爽劲，天空瓦蓝透亮，白云随风舒卷，更使得这些唯美的精灵妖娆无比。有趣的是，还有勤劳的零零散散小蜜蜂，在浓密的花间起起落落奔忙。我拿出手机连连拍摄，像那些小蜜蜂，穿行于花丛之中，恨不得把这片花的海洋尽收囊中，等秋尽冬来百花凋零后慢慢欣赏。就这样，那一地洋洋洒洒的繁华锦绣，不仅存入了我的影集，更留在了我的心里。如今，此刻，在这个寒冷的季节，这一帧帧美丽的画面，丰富着我的视觉，慰籍着我的心灵。

我知道我可以去很多地方观赏冬日的室内园艺花卉，我也可以去……但终不如这些带着家乡味道的花，这含有故乡深情的花海让我欣赏的恬静安然和满足。

故乡的花海，还有故乡的园林，不仅是故乡人赏心悦目休闲观览的好去处，它还愉悦着无数的游人。从盛春至深秋，一直花开不断，繁花似锦。人们可以在蜂蝶翩翩扑鼻花香里，度过一个个有趣的季节。

故乡的花海，虽然我不能常去观赏，但却这样深深地印在我的脑海里。

翻看着一幅幅美丽的图片，眼前又呈现出了家乡那片美丽的花海，似乎又置身在其中了。

这个冬天，有我的花海伴我一起度过，我的心就会一直沐浴在春天里，我欣慰地想。

在那太阳落山的地方

　　"姐姐，那太阳落下的地方一定很好吧？""我想也是。""那里离我们是不是很远啊？""嗯。""你说大人们能带咱们去那里吗？""我想能，可是他们不带我们去啊！""那我们长大了自己去。"这是小时候弟弟每每看到落日，望着那一抹美丽的殷红，满怀着憧憬和我说的话。每想起来，那天真烂漫的日子就像是昨天。

　　我们的童年是一个特殊的年代，大人们根本没有时间陪孩子玩，我和弟弟是朝朝夕夕相处相依的伙伴。那时，父亲在遥远的外地上班，祖母和母亲天天忙忙碌碌的出去干活，中午不回家。寂寞的我们每当看到落日，就知道大人们要收工回家了。这时我们就认真地凝望着西边，那一片美丽的红光中，太阳的轮廓越来越清晰，而映在它后面的背景就越发的神秘起来。这一切又总能留给我们太多美好的想象。那时我们感到很寂寞，我们很希望能有大人和我们交流，哪怕不是父母亲人也好。而唯一能跟我们说说话的，是邻居的一位没有劳动能力的老奶奶，这位善良的老人是我和弟弟，甚至所有和我们同龄的孩子们的知音。她有很多她自己的或者记忆来的古古今今的故事。

老奶奶给我们讲过这样一个美丽的故事，她说："太阳落下的那座山叫太阳山，山上有的是金子。不过那个地方特别热，要想捡那里的金子，还须让金鹰驼着去。就着太阳睡觉的时候去捡，在它醒来之前离开，否则人就被烤化了。很早很早以前曾经有一个人，有一次他遇到了金鹰，让金鹰带他到太阳山去。金鹰就驼着他飞呀，飞呀……飞过高山，飞过大海，终于来到了太阳山上。一看，漫山遍野的金子，他高兴坏了，就迫不及待的捡起来。他捡了很多很多，已经拿不动了，还舍不得离开。这时金鹰就提醒他，快走吧，要不就来不及了。可是那人太贪心，只想再多捡一些。这时太阳已射出了金光，金鹰没有办法，只好匆匆离开，但把两只翅膀烧成了黄色。而那人却被太阳烤化了。"然后她说："看见鹰的翅膀上有一块金黄色的毛了吧？"我们点点头。"那就是被太阳烤焦的。"老奶奶说。从此我们又想象着，有一天，我们也骑着金鹰飞到太阳山上，去捡回来一些金子。我们决不贪心，捡回几块儿，只要让我们的父母不再辛苦地劳作，能在家陪我们好好的玩儿……

一年的冬天，祖母去了远在东北的叔叔家小住，我们很想念祖母。傍晚我们坐在院子里玩，望着圆圆的红通通的落日，弟弟突然问我："姐姐，你说奶奶在叔叔那里能看见咱这里的太阳吗？"我说："我想能看见吧。"弟弟不敢确信，就去问母亲。母亲告诉他说："全世界就这一个太阳，都能看见。"他便高兴而又凄婉地说："真好，太阳能看见咱们，也能看见奶奶，那说明咱们离奶奶不远。"那个晚上我们都睡得很甜。

后来，只要我与亲人久别，无论离故乡亲人有多远，当乡思别绪萦绕心头的时候，我就会在傍晚看落日，感觉刹那间，那美丽的金光就把我与亲人笼罩在一起了。哪怕如今我的一些亲人永远的离开了我，但我还是感到，他（她）的身影依然隐藏在那太阳落山的地方。

多年来这样的习惯一直没有改变。美好的情境感陶冶着我们的心。面对生活，都始终怀有一个美好的想象和期望。弟弟也是这样，遇到什么样的困难和挫折，他都会把结果想象得很美好，尽管命运往往跟他作对。比如，多少次他投资养殖的禽畜死掉了，他辛勤种下的作物无收了，他寄予厚望的东西失去了，面对打击和挫伤，从不会表现出太多的沮丧，而是又一个希望伴随着丰富的想象萌生了。

我尤其喜欢弟弟那一脸天真的笑容，就如喜欢那太阳的金光镀在初夏的树上，让人在享受美感的同时还会怀有一种希冀。

"姐姐，你说……""姐姐，我想……"，那溢于言表的激情，使我每每想好的安慰和鼓励的话语变成了多余。人们说他傻，现在想来，那何尝不是一种超脱啊！

突然的不幸让弟弟过早的离去了，离去的时候离春节还有短短的三天，为了欢庆这个春节，他买了很多的鞭炮，他想象着节日的热烈气氛，除夕夜的幸福圆满，憧憬着新一年的希望。

我曾去过一些地方，看过峰峦叠嶂中那落日的壮观，也看过海上落日那瞬间的灵动，看过大漠落日那辽阔辉煌，看过南国烟雾缭绕处那落日的凄美娇艳。无论是哪一种，我都会暗暗地想：这是当年我和弟弟所憧憬的那太阳落山的地方吗？也因此不由得童心泛起，让思维穿越时空，飞过蓝天大海，想象起太阳落山的地方那动人的绯红和那令人向往的金色。

"放眼望，天水蓝，你就在那天水之间。"不爱听戏曲的我，每当听到这段戏的词曲，总想起弟弟以及未在我身边的亲人，他们是否就在那天水之间，依然欣赏着那太阳落山的地方！

第三辑

生活中的感动

秋与一路走来

无论是哪里的秋天，也无论是那个秋天，只要想说，想写，想赏，想赞，总会有丰富的内容和话题，也总会有满满的情趣和感动，这就是秋的深沉吧！

辽阔大地，从东到西，从南到北，从大到小，从概括到具体，在不同的地域中所展现出来的，可谓是形形色色，千姿百态。但无论如何去观察，去描写，总是有秋的深义在里头，似是明朗却又说不清楚，似是笔游天外却躲不开她，这就是秋的厚重吧！

古人有"山僧不解数甲子，一叶落知天下秋"，而没有"一花开知天下春"呢？秋之美，美得可以做生命之美的首页，美得可以做生命之美的结束。似乎其他的季节还欠缺点什么，这大概是秋的内涵吧！

自秋天的脚步逐渐逼近，秋天的名字逐渐叫响，人们的意识里便加深了秋的概念，浓烈了秋的味道和感觉。从秋真正走进岁月里的那一刻开始，凭着我的感觉，顺着我的足迹，从我的心里就开始寻找秋天的一切美好载体了。我想不仅是我，别人也是如此吧！因为首先在所有我能接触到的地方，都会收到秋歌秋词的情韵，都会感到秋风秋雨的触摸，都会得到秋花秋月的爱抚。首先我从秋来得最早的塞上开始，在第一缕风吹过的时候，这风就第一个被冠以秋风了。不仅仅是冠以秋的名字，那风的性格也是油然而变，凉凉爽爽的，轻吹树叶沙沙，慢摇花儿乱颤。过不了多少天，走进野外，走进森林，就会清晰地看到浅秋的样貌了。这里的秋比他处来得早，脚步快，性格更豪放。碧绿的草原首先被染上了片片浅黄色，树叶也镶上了金边，似乎这一切都是一夜之间的事情。

人们默默地看着等着守候着，继而，果树上也挂起了满满的小灯笼，红的，黄的，半红半黄的，红满了高坡平畴，黄满了沟沟壑壑。但这一切似乎也还没有感动这里的人们，而感动他们的是那满田的塞上作物，莜麦熟了，胡麻熟了，各种豆类熟了，黍稷谷物熟了，它们都等着收割储藏。漫山遍野的成熟，漫山遍野的丰收，漫山遍野的收获伴着秋月一起，把秋烘托得淋漓尽致，美不胜收。秋，也在这里率性地，自由地，痛快的展示着自己。

秋风渐劲渐凉，这是塞上人的感觉。而在坝下塞内，在北国平原，在南国水乡，秋就有了她的另一种个性风格——温良细腻。秋在去内地的路上，脚步也较缓慢，有人用姗姗来迟形容她。人们都在炎热中盼望着盼望着，却好像总是见不到她的影子，寻找着寻找着，也总不曾见她落过脚的痕迹，甚至人们从心里细细的感觉，也是那么的曚眬。其实秋也早已就到了，和塞外是同一个时间，只是她故意表现的款款温柔。

秋走过了处暑，漫过了白露，一路又慢慢地向着秋分、寒露、霜降走去。渐渐的，秋显示出她的真性情，露出她的真面目。从秋高气爽变得冷峻肃杀，秋的个性彻底张扬开来。菊花溢彩，枫叶溅红，银杏鎏金。

接下来荷塘叶残，秋虫声稀……秋走遍了长城内外大江南北。人们看到了，听到了，感受到了秋的壮美，秋的力量。最终，秋把人们的梦变成了真实。

在这个美丽的秋天里，我欣赏着，享受着，幸福着。从辽阔的塞外高原走到美丽的北国名城，伴着清风明月，秋水长天，从秋风微韵到秋高气爽，直至秋风萧瑟，一路走来，如走过了一条美丽曲幽，神秘而妙趣横生的路，回味着，感动着，收获着，满足着。与秋花秋月亲近，与蓝天白云做伴，实在是大空之中拥有万物之美，茫茫之中享有天籁之妙。

人生能逢几度秋？每个秋有每个秋的成熟，每个秋有每个秋的热烈，每个秋有每个秋的美好，每个秋有每个秋的香浓，每个秋有每个秋的妙趣，每个秋更有每个秋的旋律，何必"为赋新词强说愁"呢！这个秋，我又有一次深深的感动，满满的收获。

　　走进九月，就走进了金秋，走进了金秋，就来到了美丽的童话世界。

　　且不说秋高气爽的舒适体感，也不说蓝天白云下的"鹰击长空鱼翔浅底"的旷美，仅仅说那霜天万禾的成熟，那香飘千里的果香，牛羊满山的喧嚣，就足足让人如走进一个心旷神怡的童话世界里。

　　清晨的阳光把朝露蒸发，微风把潮湿驱入地下，这个时候的原野就开始了秋装飘逸的时候。北国塞上的莜麦熟了，一望无际的莜麦田一块块铺在连绵起伏的山坡上，远远望去一派金黄，这大片的金黄被绿草鲜花隔开，在缓坡上形成层层叠叠的金色梯田，它们都镶嵌着深浅不一的花边，在视野里向着远方延伸。弯弯曲曲的小路如一条青色的长蛇，蜿蜒逶迤伸向天际，驱车走在其中，每一段都有不同的风景和迥异的感觉。

　　在这样地势高高的路上走着，随时会出现路旁的山坳处一个或几个在绿树丛中的村落，如绿毯上的花朵，也如碧野中的城堡。渐渐走近，映入眼帘的是红瓦粉墙的错落。听不到人语声，却能看到炊烟袅袅。及至走下去近看却又不见了，只见到密密的一片树林。

九月里，也是塞上葵花籽成熟收获的季节，大片大片的向日葵垂着沉甸甸的头，饱满圆润的花盘硕大厚重，粗壮的呈金色杆子好像险些不能承其重。农民为了让籽粒更加成熟饱满，甚至把特大的支起来尽量晚些时候收摘。如果你有兴趣停下来欣赏，主人若在，会热情地请你品尝。

金秋九月，人们心也感到富庶的骄傲。清晨，一群群的牛羊应着主人的一声声响鞭，应着猎狗的低鸣声，纷纷跑出栏外，向着一望无际的大草原而去，沉寂一夜的草地上又开始了生机乐章的协奏。如果有人问，他们心里的感觉如何？我不知道，但有一个故事告诉我，他们心里很幸福。

有一次我驱车去郊外游玩，车开上了一条弯弯曲曲的水泥小路，远远看见一大群羊，在广阔的绿野里，和蓝天白云显得那么和谐好看，我本想下车过去拍照，见那羊群正在慢慢地向我们这边移动，我们继续慢慢往前开，那羊群也相对往前移动着，在一个小村庄旁边，我们和羊群及其主人相遇了。经过交流，知道主人姓刘，一个五十多岁的男人，一脸的善良样。我就叫他刘师傅。我问有多少头羊，原来有大几百头。我连忙拿手机拍摄，那么多的羊，一会就有条不紊地入了栏里。我问他一个人看这么多羊很累吧？他说一是习惯了，而且就是跟着它们走走停停，享受着自然风光，一点也不觉得累；二是羊儿们都很听话，能懂得主人的意思。每天按时出去回来，出栏入栏它们都自觉排队，不会拥挤踩踏，很省心的。

然后又说起了关于羊肉的美味儿。他说这样的羊肉才好吃，一年四季不吃饲料，就在这大草原上吃自然野草长大，肉质十分鲜美，没有膻味，他说的我很相信。最后我说：我能不能去你家里吃这么好的羊肉？

他说能，今天我老婆不在家，她做羊肉最拿手，你们下周来，哪天都行，让她做给你们吃，保证你爱吃。刘师傅又说，真正好吃的羊肉不是当年的小羊，而是两三岁以上的成年羊，你们南方人只知道吃小羊肉，其实吃的只是调料。改日你们来了，我让你们尝尝真正的羊肉，不放调料也照常好吃……

与刘师傅告别离开，恋恋回望，灰色狭长的小路在我们的身后越拉越长，天空瓦蓝，白云悠悠，一个美丽的小村庄，继而又融化在了金秋的天地之间，真实而又带着丝丝神秘，陌生而又不失亲切。

金色的九月，金色的阳光，普撒在金秋的大地上，让生活在这个秋天里的人们，收获着理想，收获着希望，展望着未来。一颗颗镀上金色心灵，也在这个童话世界里闪光。

前言：欣赏一种美，总是需要一定的条件，这样的条件能使欣赏者在欣赏的同时感到身心愉悦。美丽的坝上，就能给你提供这样的条件，在这里，就会有这样的感觉。炎炎盛夏，这里却是清风习习，凉爽宜人，在明媚的阳光下，人们可以衣袂翩翩，舒爽惬意地欣赏美景，领略夏日的自然风光，没有半点炎热如烤如蒸的痛苦和烦躁感。

（一）美丽的草原风光

走进辽阔的坝上草原，顿时就有一种身心舒爽，心旷神怡的感觉。茫茫绿野，天地相接，形如穹隆。一切生命在这穹隆之中，享受着天赐的自由。

看着朵朵白云，在清风的驱使下呈现出各种不同的形状，脑海中就会不由自主地展开无边无际的遐想，这样的遐想会让人把这穹隆里的一切看作神奇，想成神话。在那浩瀚的绿海中，每个生命都能驾驭属于自己的一叶扁舟，任尔纵横驰骋。花色斑斓的牛群，如云朵坠落的羊群，成群结队的牛驼，遍地散放的马儿，在这广袤无垠的大草原上，它们合奏出一曲曲自由奔放的乐章。

在这广阔的大草原上，分布着大大小小自然错落的湖泊，湖泊的周围被更加茂密的水草包围着，如一重重波浪在绿色的大海上腾挪起伏。在草原上高透明度的灿烂阳光照耀下，闪烁着星星点点强弱不一的光茫，徜徉其中，如身临异境身为异人，既感到舒适放松，又感到无比的新奇，思绪会随着想象而丰富飞升起来。

在这壮美的绿野里，散落着大大小小的蒙古包，白色上面绘制着具有民族特色的宝象图案，跟草原上的蓝天白云形成和谐完美的融合。它们有的单个独自一处，有的三三两两或更多的一起，如一朵朵好看的大蘑菇洒落在茫茫绿色植被上，形成一幅幅美丽的风景画，有幸来草原的游客，也被收纳点缀在这些画卷中。

来这里的人，似乎都忘记了自己的年龄和俗务，人们穿上五颜六色的民族服装，雍容悠然地漫步在万顷碧波中，任性地拍摄嬉戏，好像已经脱离了一个凡俗的世界，来到了梦中的天堂，那样随心随性地，自由自在地享受。他们有的信步闲庭，有的信马由缰，鸟儿不惊，虫儿飞鸣，一切都在一种和谐相处的境界里感悟着，快乐着。

三宝营盘是中都大草原的中心地，全国一年一度的草原音乐节在这里举行，该盛会把丰富多彩的草原文化推向巅峰。来这里的全国乃至世界各地游人络绎不绝，而美丽的大草原和草原人，也会让他们乘兴而来，满载而归。

整个夏日，每天从暾阳升起至星辰满天，草原就在这样的淳濛宁远中，在光影迷离中，迎来新识的客人，送走熟络的朋友。和那地上的马、牛、羊一起，和那蓝天白云中的雄鹰云雀一起，和草原上的所有生灵一起，美丽着、呵护着这片人间天堂。

（二）温馨的田园风情

美丽宜人的坝上，不仅有广袤无垠的大草原令人赏心悦目，流连忘返，还有令人神往的田园。

每年的七八月份，正是炎热的暑期，全国大部分地区湿热如蒸的气候，让人们无法悠闲自在地欣赏夏日里大自然的美景。而在这里，却是人们享受夏日美景的最佳季节。

走在平畴沃野之中，清凉舒爽的风吹拂着头发，衣服和纱巾，周身如沐浴在春风绿水之中，行驶在平坦的公路上，随时会看到路两旁一块块平整的菜园，成群成伙的坝上妇女在园里劳作，她们头上箍着五颜六色的绒头巾，带着各种颜色的口罩，身穿各种颜色的服装，把自己包裹的严严实实。菜园里的蔬菜正是丰收在望的时节，一串串的辣椒绿中献红，一架架西红柿如红绿相间的灯塔，各种叶菜，在透明度极高的阳光下，呈现着不同的葱绿鹅黄，衬托着服装鲜艳的莳菜女子们，俨如一幅巨大的地毯，在蓝天白云下美不胜收。

除了菜园，农田里的美景也毫不逊色，尤其是向日葵花盛开的时候，一望无际的葵花，高高的茎干，碧绿的大叶子，烘托着一盘盘饱满的金黄，悠悠碧空下，热烈而优雅气派，是草原上最亮丽的风景线。还有一片片粉紫色的荞麦花，纯黄色的油菜花，高高低低婀婀娜娜，给人以无限的温馨柔和之美。高低缓坡上的土豆花，一梗梗密密实实地盛开着，白的，黄的，紫的，花团锦簇，吸引着无数的蜜蜂蝴蝶飞来飞去。在这里，我才知道，土豆花的颜色，决定了土豆块茎的颜色，开白色花的是白色块茎，开黄色花的是黄色块茎，开红色花的是红色块茎。

由于这里的气候凉爽，很多农作物因地制宜，不同于其他地方的种植时间和种植方式，我曾在一块大面积的田地里看到，有小麦，有莜麦，有燕麦，有荞麦，它们花色不同，形态各异，而又都在一起有条不紊的生长着，实在是美丽而奇特有趣。

坝上人的生活状态是非常悠闲的，这其中的一个重要原因就是他们没有在高温下工作的烦躁，可以身心舒适地投入工作生活。而这里的植物则恰恰相反，它们却都需要有一种生长的紧迫感。因为气温低，夏时令短，它们需要在较短的时间内完成整个生长过程。所以当其他地区的植物正是生长茂盛期时，在这里已经随时可见非季节的植物花开花落容枯交错，让人觉得提前过一个夏秋的季节了。

坝上的田园，体现着坝上的气候，体现着坝上的魅力，体现着坝上人的风格和情趣，更突出了坝上的风土人情。而欣赏这一切的美好，更是跟宜人的坝上气候分不开的，因为，它给人们提供了难得的欣赏条件。他处的盛夏也美，但那如火如荼的炎热，让人们的欣赏大大地打了折扣。如果称炎炎夏日为"酷暑"，这里，可以亲切的称之为"柔暑"。

（三）不尽的坝上情怀

每年的夏日，我都来坝上小住一段时间，避暑，赏景，尽情享受这里的气候和美丽的自然风光。这么多年了，新鲜感非但丝毫未减，却是又多了一份亲切感。

这里的草原是美丽的，辽阔的，能给人以空旷奔放的冲动和激情，这里的田园生活是清澈纯洁的，如那一汪汪清澈的湖水，能映入蓝天，融进白云，能洗涤心脾，净化灵魂。能让人找到失去已久而又无比渴望的感觉。正如走出繁华后突然看到和嗅到一缕缕少年时代的炊烟。

美丽的自然环境，养育了这里的人，滋养了这里的风情，丰富了这里的文化。这里的人那么朴实，甚至他们还保留着人性最早的韵味儿和特色。他们不排外，不势力，能让我们剥去戒备的外壳，很轻松地融入其中。

哦，坝上，我喜欢你，喜欢你的凉夏金秋，喜欢你的风土人情，喜欢你融进所有美好的自然风光。

渤海看日出

为了看日出,四点多就来到了海边。凉凉的海风还在晨曦的朦胧里奔跑,大海也高声呼喊着,把一个个巨浪拍向沙滩摔个粉碎。一拨过去一拨又紧紧追上来。似乎这一时刻天地之间只有这浩瀚,这强势,这汹涌,这嚎叫,其他的一切都被吞噬了,溶解了,淹没了。

整个大海氤氲在灰蒙蒙的雾气里,遥远的东方,呈现出一抹美丽的橘黄色,这橘黄又被灰蓝色浸染着,自己慢慢地扩大,覆盖,挣脱。终于,在那神秘的天水相接处,出现了一个闪亮的光点。好像那光点竭力地挣扎着,想尽快脱离那层朦胧的空间。它努力的向上挣脱着,成长着,壮大着,想尽快地使自己变得更加靓丽。

海水在强大的自然引力作用下翻着巨浪,巨浪下似乎隐藏着无数条巨龙,腾挪着,翻滚着,露出深灰色的脊背,同海浪一起向着沙滩奔涌而去,发出震耳欲聋的声响。

那太阳继续升腾着,像黄豆,像蛋黄,像橘色的橄榄……淡定而冷静，不为任何外界的情景所影响，所感染，终于慢慢地离开了海面，进入了海上的灰蓝色的空间里。进而，它依然奋力不息，厚积薄发，直至腾跃出海与雾的融汇处，向着更高远的目标奋发。

这时的大海，完全变成了一片殷红，紧接着整个东方天际也变得红光缭绕，朝霞满天……哦，一个火红的，全新的，蓬勃的太阳升起来了！十三分五十七秒，见证了美丽壮观的海上日出。短暂，而又觉得漫长……

紧接着，一道金光散开，迅速撒向了海面，腾挪起伏的海面上，出现了一条闪光的大道，这大道迅速地变宽变长，继而，无论是海上还是沙滩陆地，一切都镀上了金色，都变得瑰丽多彩。这是宇宙的物语，这是天体之间的对话，这是天地间最豪迈的情感交融。

此时的太阳，多么像一个孩子，经过一番痛苦的挣扎来到这个世界，然后靠着自身的耐力和顽强，慢慢地长大，渐渐地成熟，在磨砺中使自己变得更加强大，用博大的胸怀去包容，用自身的能量发光发热，照亮自己的前程，丰富自己的人生，再去美化这个世界，温暖自己应该关爱的人……整个过程，让人期盼着，感动着，幸福着，温暖着。

脚踩在沙滩上，沙滩注入了太阳的温度，热热的，绵绵的，整个人被这光晕笼罩，大海乃至整个世界，似乎已被融化在这全新的灿烂之中。

一路山桃花

　　凌晨六点，自京城出发，和爱人驾车一路向北，到达八达岭，就真正进入了大山深处。放眼望去，可称得上高山峻岭，崚嶒陡峭。

　　阳历三月底的气温，不冷不热，满山已是郁郁葱葱，此时此地，最可爱的当为山桃花了。

　　略拐弯顺着起起伏伏的路向着西北方向行驶，一片片山桃花开得漫山遍野。从低处向高处望去，由绯红渐至浅粉，到最高处竟成了白色。遥望，白茫茫 山顶如被瑞雪覆盖。

　　真正的山野桃花和园林绿地截然不同。它们疏密无序，高低错落没有人为的因素，一切都是自然随意地生长着，哪怕一棵，一枝，一朵，都带着天然的个性。稀疏处斑斑点点，如雪后阳光照射下融化的雪团，如风吹过挂在枝头的棉絮。密集处重重叠叠，相映生辉，白的如雪，粉的如霞，美不胜收。再看周围的绿色，竟不敢相信这是同一个季节的景致。感觉懵懵懂懂如在梦中，如徜徉在一幅幅绝美的彩墨画廊里。

越向北地势越高，空气越来越冷，山貌绿色越来越浅，越来越枯燥泛黄。我知道就要到坝上了，便在车里添加衣服。我想，那美丽的山桃花是不是没有了，即使有也应该没有开放吧！谁知，透过车窗向外望去，又有一片片一树树盛开的山桃花映入眼帘，在凉凉的风中英姿飒爽，给略带干涩的山坡丘陵、沟沟壑壑带来独特魅力和无限生机。真到了坝上地区，风更凉了，可以说有些冷，而那一棵棵繁花盛开的山桃树，有的几棵相互偎依，有的一棵迎风独立，在悬崖，在峭壁，在山坡，在谷地边缘，依然开得生动可爱，风骨铮铮，没有像城里园林中的那样，随风摇曳，落花如雨。

我看着那一片片、一丛丛、一团团独具魅力的山桃花，不禁为之感动。它们没有城里园林绿地的山桃花那种花团锦簇，那样婀娜多姿，那样被人工培育得五颜六色，但它有一种难以形容的风骨，一种让人感动的豪放，一种看了顿感轻松愉悦的矫健洒脱。

我不能仅仅用娇媚、妖娆等溢美之词来形容它。不禁想起宋代诗人郑獬的诗句："纵落不随流水去，仅开惟有白云知。何须惆怅无人赏，自有春风二月时。"

一路山中行，一路桃花伴，那山桃花更是不惧春寒独风流，绝胜瑶池仙。可惜，由于高速路上车行驶得太快，我不能拍摄下那壮美景色中山桃花的英姿。

坝上秋情

　　走在坝上的秋天里，似乎总有赏不完的的自然风景，写不尽的诗情画意。加上当地那淳朴的风土人情，纵有千言万语也难以表达出来，尽管是写了，还是总觉得才疏学浅，词不达意。

　　这里是丘陵地带，低山矮峰连绵起伏，大片大片的山林、梯田，到了中秋以后，呈现出高低错落、深浅不一的颜色，在不同距离和不同角度的视野里，如一幅幅或写意或工笔的风景画。让人赏心悦目，叹为观止。

　　首先说那一片片偌大的山林，秋霜尽染之时，从外面看金色灿烂，泼墨鎏金，如整个大地在一夜之间就被天宫点缀得七彩斑斓。如果你走进去，那又是另一番天地了。积累多年的厚厚的落叶，又被新的金黄落叶覆盖，深深浅浅均匀地铺在地上，走在上面，好像踏在柔软的金色地毯上，有种无以言表的舒适感和唯美感。抬头是黄绿相间的树梢点缀着湛蓝的天空。走在里面如置身在一个金色的迷宫。而走出林子，远远望去，层层梯田在变换的光色里炫彩，又一个不同格调的画卷在你的视野里展现出来。

这里还有与他处不同的成熟季——麦熟时节。六月的平原麦熟时节已然过去多时，能在这里又重逢这个不同季节里的相似情景，心里便又有一种别样的感受。

坝上的莜麦熟了，人们正是最忙碌的收割季。不同的地理环境和种植面积，收割的方式也各有不同。有的自己用镰刀割，有的用收割机，把原始与现代的收割方式完美地结合起来。尤其看见那些自己用镰刀割的农民，他们依然是把莜麦割下来，打成捆儿，用牛车拉回家，背回家，放在早已备好的打麦场里，用牲畜拉着碌碡辗轧，堆积，扬场……看着这一切，过去的麦熟时节又回到了眼前，久违的心得到了滋润和慰藉。

坝上也是土豆产地，大块的田里是人工或机械挖出的黄黄白白的土豆，有的已被装进了袋子一排排码放在田埂上，然后销往全国各地。还有各种豆类的收获、晒、砸、筛、捡，带着浓郁的原始色彩的劳动氛围，依然在这里体现的淋漓尽致。

一路走着，化稍营、南泥河、什巴台、唐贡洼、黑土沟、脑包底……一个个冠以稀奇古怪名字的小村庄，到处都被丰收的喜悦笼罩着。

我们在一家正在收打红豆的农家场院停下来，想买点新鲜的红豆带回家煮饭吃。跟主人打了招呼说明来意，主人是夫妻俩，男主人说：自己抓吧，不要钱。我说那怎么行，我得多要点带回去。我拿了一个塑料袋，他就装了起来，我忙说太多啦！他们说不多不多，就这样装了足有十来斤，若在城里的超市，少说也得七八十块钱不止，我拿出五十元，他们说什么也不要，说要给就给二十元吧。再三推让下最后只好把五十元收下。

乡下如此，城里也是这样，我的塞上小城中的小区里，住着很多外地人和当地人，有一些是农村人在这里买的房子，在他们的眼里，住在一起就是一个村子的人。有一次我们去外面的山林里捡回了一些蘑菇，我把蘑菇晾在了小区花园广场的绿地边上，那天突然下起了雨，我急忙出去收，远远看见一位女士正用塑料布给我盖了起来，我向她表示感谢。她抄着当地口音说：那么远好不容易捡回来了，淋坏了就不能吃了。我以为以为是住在一个楼上的邻居，后来才发现她急急地向北边走去，方知是另一栋楼上的。

这里的一切，在点点滴滴中，体现着坎上人的质朴和本真，正如这坝上秋色，美丽，洁净，宽阔，淳厚，透亮和高远。秋意如湖，深而平静清澈，秋意如酒，浓烈而不失绵柔。

秋，渐渐地凉了，我要回去了，明年再见，我可爱的第二故乡。

坝上秋色

说到坝上秋色，我只想用一个字来概括——红。

坝上的果子多，各种果子大约都在这季节成熟、采摘，各种各样的山果，如山楂、苹果、沙果、山杏、油桃、海棠、李子……还有很多很多我真的叫不出名字。它们的色调无论是深浅还是杂色，大多以红为主，这和这里日照时间长、阳光充足是分不开的。但在这里我要说的，却是一个果中的另类——沙棘果。这个品类我曾在一些饭店里喝过果汁，而今天，是在广袤辽阔的草原上看见。沙棘果，为胡颓子科植物，又名醋柳果。富含脂肪和糖，还含有多种维生素和矿物质，其中每百克沙棘果，维生素 C 的含量高达 800 ～ 850 毫克，最高达到 2100 毫克。是葡萄、梨和苹果的数百倍甚至 1000 倍，故而有"维生素主库"之称。含有的脂肪大部分为不饱和脂肪酸所组成。

沙棘果具有很高的药用价值，有增强人体免疫功能，能预防癌症、减少辐射损伤、活血降压、降低胆固醇、防止心绞痛发作，对防治冠状动脉粥样硬化心脏病有明显作用；能消喘止咳，消食健胃，明目消炎；还能治疗烧伤、放射病、心脏病、青光眼等。是目前世界上含有维生素种类最多的天然经济林树种。具有极大的营养价值、环保价值和经济价值，引起专家的重视。沙棘果的药用价值还有很多很多。另外，沙棘果还可以做成不同的饮料和食品，以充分利用它自身珍贵的资源，如沙棘果汁、沙棘果酱、沙棘果醋等等。

沙棘果数的生命力极强，在干燥的环境和沙化的土地上依然生长得蓬勃旺盛。这里的沙棘果树，基本是野生的。每年沙棘果的种子会大量地落在地上，被风一吹就会向四周扩散，再加上发达的根系，所以这里可以看见漫山遍野的沙棘果树，有的地方稀疏，有的地方密集。小小的沙棘果，无论是枝蔓上还是树干上，都是密密实实地挤在上面，特别是到了秋天八九月份成熟的时候，一串串一棵棵如红色的玛瑙，晶莹剔透，光亮润泽，看着就有吃的冲动。每次看着，我总会摘下几颗放在嘴里尝一尝，酸酸的略带甜味儿，迅速地刺激唾液分泌，使干渴的喉咙顿时得到滋润。

沙棘果树真正如它自己的名字，在干燥多风的环境中，无需人工浇灌和管理，就那样自由自在地坚强地生长在高低不平的沙地上，或者丘陵连绵的沟沟壑壑之中。从树干到枝丫都生满了长而尖锐的棘刺，用手触及需要十分的小心。采集沙棘果更不容易，因为沙棘果树基本属于灌木，一丛丛一蓬蓬，密密麻麻毫无秩序的生长着，有大片大片的沙棘果树长在一起，纵横交错，根本无法进到里面去。所以采集沙棘果基本只是在边缘或稀疏地方的树上采集，有时候看着里面红彤彤的沙棘果，只能望而兴叹。

沙棘果，可称得上是这里特色的种类，它的颜色也可称得上是这里

独有的颜色，在这片充溢着爽朗而热烈的土地上，漫山遍野的沙棘果那红彤彤的颜色，可谓是这里的秋天最美最广泛的色调了，

哦，沙棘果，红红火火的果实，成熟在红红火火的季节，代表着红红火火的收获，这一切，都变成了红红火火的生活，红红火火的日子。

坝上的人们，就在这如火如荼的时代里，在这热烈奔放的情怀里，在这丹秋如血的季节里，收获着自己的梦想和希望，幸福和快乐。

草原晴雨

　　草原的天气实在有个性，一天之内不敢用阴、晴、风、雨来做定论。哈哈，今天就是这样一个有趣的日子。

　　吃过早饭，看着湛蓝的天空，灿烂的阳光，实在是不想辜负了这样的好天气。于是和爱人驾车向着草原深处走去。一路上，一望无际的鲜花碧野，起起伏伏的丘陵，一片片大大小小的树林……，时时愉悦着我们的快乐心情。我们尽情欣赏着辽阔壮丽的自然风光。不远处，有两个牧人散放着一群牛，优哉游哉的。

　　我决定下车过去拍个照。我调好角度刚刚拍了两张，突然明媚的阳光被一块浓云遮住，风马上就变得凉了起来，雨要来了。看着不远处的两个牧人，正想他们怎么避雨呢？谁知就在这时，两个人迅速抱起了一个长形的东西，像蜜蜂似的来来去去，不大会儿，一个简易的帐篷就搭好了。牧牛人钻进了帐篷，外面一大群牛就在外面淋着雨，它们照样吃着草，只是不时地摇摇头甩甩尾，可见他们这样的情况早已习以为常。

我们看着既惊讶又新奇。

　　巨大的雨点随即落下来，车顶上劈啪作响，雨继而紧了起来，路面上激起了大大小小的水花，风把雨线吹得四处飘飞，密密麻麻形成了水雾，前面一片迷蒙，我们把车速放得很慢，犹豫着是否返回。二十多分钟后，还没等我们把车头调转，雨一下子小了，紧接着西南方向的云奇迹般地镶上了金边，雨骤然停了。渐渐地，阳光透过云层露出了笑脸，乌云也变成了白白胖胖的模样，继而被风吹散，雨水也向低洼处流走，路面和草地越发青翠鲜活了。

　　出于好奇，我们向着那两个人走去，他们正悠然自得的坐在伞样的帐篷里说着话，看我们走近了，便站起来让我们进帐篷坐。我问：你们怎么支帐篷这么快呀？这么急的雨竟然一点也没有淋着。他们说：草原的天气就这样，随时会变，刚才还是晴空万里，一会可能就会大雨滂沱，我们已经习惯老天的脾气了。我看着那群牛，足有四五十头，它们依然默默地吃着草，和主人一样，已经习惯了这样的生活。谈话中我才知道，他们两个是儿女亲家，孩子们已进城打工，他们在家种田，合作放牧，牛群都是在自家繁殖的。他们家里建起了小楼，还办着农家院。说着脸上掩饰不住自豪感。

　　我说天天和它们在一起，欣赏着大自然的无限风光，也很有情趣的啊！他们连连说是。其中一人还说："它们当中还有一个孙子牛嘞。"看着我惊讶的神情，便用一种我听不懂的话向着牛群喊去。一会儿，一头黄白花肥嘟嘟的小牛跑来，它一会用舌头舔着这个的手，一会儿用脖子蹭另一个人的胸，那种亲昵的样子简直让人感动。他们告诉我，这头牛和他们的孙子同一天出生，所以特别看重它。它也特别懂事，孙子小的时候和它一起玩耍，无论怎么折腾，它从来没有发过脾气。这头小家伙他们是不会卖的，要养它一辈子啦！看着这两个善良的牧人，我可以想象得出，他们的大家庭是多么和谐幸福。祝福他们。

时已中午，头上一片蓝天，朵朵白云变幻着不同的形状，给人以丰富的想象。

我们与两个牧人告别，他们说，别看天这么晴了，说不定晚上还会变。果真，就在我们要吃晚饭时，一场雨又下了起来。窗玻璃上已经挂满了密密麻麻的水珠。

哦，草原的天气，真的是太神奇了，风刮得洒脱，雨下得率性，太阳也会捉迷藏玩魔术。草原的人，草原的牛羊，草原上的一切生灵，也被这独特的自然环境磨练得个性而飒爽。

夏日凌霄花正艳

　　我家大门前的花园里，开着一种美丽的藤类花卉，名凌霄花，多么别致的名字。

　　每年春天的二三月份，看似干枯的藤蔓，就会生出嫩嫩鹅黄色的叶片。它们生长得很快，往往几日不见，就已经枝蔓丰盈地攀爬上了高高的栏架，紧接着过不了多少时日，整个栏架就被浓浓的绿荫遮盖了。接下来就是花苞串串，鲜花盛开了。

　　去年的冬天，几个园林工蹬着梯子，把几年来积蓄的厚厚密密的枝蔓砍掉了，整个栏架上只剩下稀稀疏疏粗粗的老藤干搭在栏上。我们都觉得很可惜，心想什么时候再长出那样的效果来呀！不想今年春天，那稀稀疏疏的藤，竟然如约青枝绿叶高高地爬上了栏架，并且柔枝低垂，郁郁葱葱地生长起来，形成成了葳葳绿荫。

　　凌霄的花期很长，几乎从仲春直开到初秋。一茬谢了一茬又开，橙红色的喇叭状花朵一簇簇交替开放，热烈纷繁，几乎没有冷清的时候。

无论你是有意来观赏还是偶尔路过这里，"早晚总相逢"。

更可爱的是，花谢时花朵并不枯萎，就那样鲜艳地飘落地上，使得人行小路洋洋洒洒落花满地，情如落花满经，人约黄昏，妙趣盎然。看着那落得满地的鲜艳艳的花朵，谁都不忍心将其踏之脚下，曾看见很多人一朵朵轻轻地捡在手里，又慢慢地放在碧草丛中，恐怕别人践踏。走在这样幽静的小路上，会让人浮想联翩，诗情画意油然而生。

凌霄花色泽奔放，而香气清幽，给人一种成熟的美感。

炎炎烈日下，被茂密的凌霄花所遮盖的棚架下，形成大片的绿荫，人们可以坐在荫下乘凉，娱乐。

阴雨天，密密层层的花朵及叶子上积蓄了很多雨水，待雨停了，人们合了伞，站在如凉棚般的花荫下环顾仰望，微风吹来，水滴纷纷落下，相互碰撞，滴滴答答雨丝四溅，细露散珠般感觉阵阵清凉，又是一番雅趣。

自古描写凌霄花的诗词很多，尤喜宋代董嗣杲的《凌霄花》"根苗着土干柔纤，依附轻松度岁年。彤蕊有时承雨露，苍藤无赖拂云烟"。《画堂春.凌霄花》中也写道："凌霄花发碧空中，百朵千枝一式红。绿蔓犹如上天索，芬芳送入玉皇宫"。宋代范成大诗云："天风摇曳百花垂，花下仙人住翠微"。

可见从古至今人们对凌霄花赞美之至，钟爱有加。

诗二首：（一）身量纤纤心坚韧，植根大地志凌云。

　　　　　　　花繁叶茂不争赏，但为炎夏做绿荫。

　　　　（二）跃然枝头笑靥靥，细雨霏霏洗风尘。

　　　　　　　落花满经知月足，相约卿卿度黄昏。

郊野怡情

居家一冬，又禁足了一春，来来往往在一定范围之内活动着，压抑，枯燥，加之由浅而深难酬的乡愁，心中充满了对原野的渴望。有幸来到郊野森林，有种心情放飞的惬意。

这里是金盏乡温榆河左岸堤，名字也这么诗意。一条宽阔悠长的森林绿带，各种高大的树木密密地遮住了天空。厚密的花草把树下的地面完全覆盖，阳光只能化作一道道光束点射进来，为本已繁花似锦的地面又撒上万点金色。大片的苦荬花和二月兰相依相衬，形成以金黄和淡紫色为主的和谐色调，再加上其他不同颜色的各种花草点缀其间，更加清新自然而温馨。

用现代的话说这里属于野森林和野河流，通常很少有人来这里，自然植被保留完好，各种植物自我本真的生长着，更加让人心旷神怡、赏心悦目。脚轻轻地踏着满地花草，既充满着爱又带着满心的不忍，所以就那么小心翼翼地在林间走着，尽量捡着花草较稀疏的地方而且尽量把脚放缓放平，眼睛又不无渴望着前方。蝴蝶翩翩，蜂儿嘤嘤，不时的在各种花草上起起落落，清脆悦耳的鸟鸣不断地自林外传来。徜徉其中如置身世外，半年来积压在心里的郁闷，似乎瞬息之间被驱赶到遥远。

树荫草地上偶尔看见有人支起的帐篷，像小小的鸟巢，有小童从里面爬出，拿着小网子捕蝶，那情景有种穿越时空的感觉。突然想起杨万里的一首诗："篱落疏疏一径深，树头花落未成阴。儿童急走追黄蝶，飞入菜花无处寻。"只是这里的黄花树阴比之要密许多了。就那样，静静地、空灵地感悟着，再多的愁苦烦恼也不再去想，多么沉重晦暗的心情也渐渐地平复了下来，甚至觉得过往的种种不快之情都由自己心生。佛说：无心似镜，与物无竞。无念似空，无物不容。

斯情斯景，让我想起多少年前去攀登华山，在那样空旷浩大的境界里，感到万物皆渺小如芥，就是那巍巍华山，在天地间也变得不过区区，更何况我们。记得当时因为感觉累，随便坐在一个山路间的平台上休息片刻。一位老道士，头缠道巾，手持拂尘，须髯如银白发飘飘，也在一块巨石上坐着。对我说前面的路更险峻，是不是听他送两句话。我说无须，如果我在这次登山过程中不幸掉下悬崖，也是难得之缘。他又说：华山不大，人心大，华山之高莫如人心之高，华山之险莫如人心之险，心放平了，就不累了。似说给我听，也似说给其他人。这里的"险"，我不认为是"险恶"或者"阴险"之义，而是"怕"，不怕何为险。确实如此，在那高悬瀑布远叠山，绝壁桃红映眼帘的境界里，我心空空地走着，静静地看着，默默地一路前行，就那样过了千尺幢，又走到了北峰……

哈哈，多么美好的境界啊！美好的境界是会让人满心清空，忘记一切烦恼，融入到那个美好境界之中的。今天，在这里，竟然也有这样美

好的感觉。哦，美丽的郊野，幽静的森林，鲜花盛开的季节。走出无边
的繁华，也有这样让人忘忧放松的地方。

在故事里，留住我们的小咪咪

从小就爱猫，多少年情有独钟不曾改变。

家里养了一对美国折耳猫猫，一个叫豆豆，一个叫团子。豆豆是个男孩子，性格温柔善良，无论你怎么摸它逗它，它都会温顺的承接着你的爱，从来不抓不咬，每当你困了累了躺在床上，它就会悄无声息的凑过去，然后慢慢地趴在你的身边，一会就睡着了。有时候还会轻轻地打几声小呼噜，让人感觉出它对主人深深的爱和信赖。而团子虽然是个女孩子，却是爱闹爱动，同样是你躺在床上，它也会过去找你，但那是淘气地找，它会在你的身上脸上一边踩一边嗅，似乎它永远得把你重新认识了解一番才会放心。但可爱的团子却有别猫做不到的地方，它会半趴在你身上轻轻地给你按摩，一下一下的，认真负责，让你感觉既滑稽可爱又很舒服，它的淘气就一笔勾销，越发喜欢它了。今年的六一儿童节那天，团子生宝宝了，只有一个，有十公分左右那么长，我们给小家伙取名叫"六一"。团子好像觉得我们都很喜欢它的孩子，它也为我们家立了大功一件，所以每每我们去它的窝看小六一，它就用嘴把宝宝从窝里拱出来让我们欣赏，就是拿在手里它也不在乎，可能知道我们和它一样爱小六一吧！做了爸爸的豆豆，更像一个慈爱的父亲，基本上天天搂着宝宝睡觉，反而作为妈妈的团子天天清闲自在，我们都夸说：豆豆真是个好爸爸好丈夫。

转眼两个多月过去了，小家伙由于自己独吃妈妈的的奶，长得飞快，又肥又壮，已经长成了漂亮的大姑娘了。一是家里养不了那么多猫猫，二是朋友家的孩子非常喜欢猫咪，于是我们就把六一送给了他们。送走六一后，妈妈团子就不声不响的就睡了一天，不吃不喝。我们觉得他是想它的宝宝了。

晚上，朋友家发来了视频，六一在他们家里被逗得上串下跳，玩得不亦乐乎，好像已经把老家把它的爸爸妈妈忘了。

再见，我的百草园

家住南山北，抬头见南山……。

夏日清新凉爽的坝上，是我可爱的第二故乡。家的南面是一个偌大的森林公园——南山公园，这里可谓是我最钟爱的去处。每年来此避暑时，看见她就有一种亲切感，而离开时，又总有恋恋不舍之情。我爱南山公园，不仅仅是它的风景优美，还在于它丰富的生物植被。一望无际的园林，沟沟壑壑，小山起伏，一片片碧绿的草地里，生长着数不清的野生植物。

盛夏时节，繁花似锦绿草蓊郁，不仅供人欣赏，还能丰盛我们的餐桌，愉悦我们的味蕾。如苜蓿、荠菜、蒲公英等等，这些在他处虽然常见的野菜，在这里却是与众不同，它们不仅没有半点污染，更少受人践踏，叶片鲜嫩而且完好无损，吃起来美味放心。还有沙葱、黄花芥等，更是稀有的绿色野味。每年的七月份是各种野菜长势最好、品种最多的时候，也是最鲜嫩厚实的时候，游玩的人们来这里都会带上一个篮子或

153

塑料袋等，采摘一些带回家去一饱口福。很多很多我们叫不上名字的，在当地人的指导下采回家去，经过加工，十分好吃。

在密密的树林深处还生长着多种菌类，如白蘑、黄蘑、红蘑、松蘑、草菇等等，特别是白蘑，是坝上的特色菌类，个头不大，茎短粗，被厚厚白白的半圆形的冠紧紧地包裹着，采回家马上就能吃，没有任何异味，可以和各种绿色的蔬菜和肉类搭配着吃，色香味绝对能刺激食者的味蕾。每年的处暑以后，是最适合这些菌类生长的气候。据当地人说，如果早了会被鸟吃掉，太冷了会被冻死，可见这小小的生灵在千万年来的自然选择中，为了生存繁衍也是费尽了苦心！它们随着气温的降低生长地越多越快。在浓密的树荫下，较潮湿的地方，用小木棍轻轻地拨开枯叶，如果幸运，就会看到一窝窝的小白蘑，一丛丛一团团，洁白的小圆头挤挤挨挨的在那里。用手轻轻挖去周边的土，慢慢地拔下来，掸去根部的土，装进袋子拿回家就能做着吃了。每每炒出的菜端上餐桌，享受美味之余还有一种成就感。在此，我也学到了不少鉴别菌类的知识，略懂了"蘑菇流那路，什么价？"哈哈！

这里不仅有可鲜食的野菜，还有很多可药用的野生植物，如开着金黄色小花集合成束的委陵菜，俗名翻白草、山萝卜、猫爪子等，全草入药，能清热解毒，止血止痢等功效，嫩苗可以食用；黄花乌头，也叫关附子，白附子，块根可入药，有祛风痰，止痛等功能，治疗中风不语，口眼歪斜，偏正头痛，寒温痹症等很有效；植株健硕，开紫色丝状花絮的蓟（草），嫩苗可食用，根叶皆可入药，有散瘀消肿，凉血止血的功效，用于治疗咳血，吐血，便血，肺结核等症；花开一串串粉间紫红的益母草，食用味辛凉，药用能活血，调经消水，可治疗月经不调，胎漏难产，胞衣难下，产后多血等症。更有叶片肥大的酸模，又名野菠菜，不仅嫩时可以食用，含有丰富的维生素A、维生素C，成熟结籽后还可采集回来作为调味料理食用。还有开着点点白黄如颗粒小花防风；金黄略带红色扬着高高的花絮的月见草；植株独特，矮矮的只有几公分的草苁蓉等等，不可胜数。它们有的可熬水服用，有的可直接拿来捣烂外用。由于气温较低生长缓慢，它们的花期都很长，最多达八九个月。看着这些美丽可爱的野生小花小草，不由得会想起我国古代那些伟大的药圣神医，既感叹于他们的成就，又自豪于中国医药文化的博大精深和物产丰富。

在这个可爱的百草园里，还可看到如今我的第一故乡已经基本绝迹了的"马鞭草"，"香油草"（儿时我们就这么叫），一片一片地生长良好，那特有的香味儿一嗅到就觉得亲切，唤起我儿时美好的记忆。

还有很多花形态独特可爱的花草。如飞燕草，颜色湛蓝而晶莹，每一朵花絮俨如展翅欲飞的小燕子，实在是不虚此名，是我国坝上的特有之花。修长而富有韧性的茎，枝枝叉叉落满蓝色的小燕子，一支支掐下来拿回家，插进盛上水的瓶子，摆在茶几或案头，一股清新典雅便在你的身旁和心里展放开来，可摆放观赏半月之久，花谢了还可随时更换新的。还有形态奇异的"天仙子"，长长的枝杈生满一串串叶子，密密地排着如绿色的羽毛，向两边斜斜的伸开，俨如展翅欲飞的大鸟，灵动可爱。

每每走到这里，都会看到三三两两的人们来此采摘淘宝。

坝上气温低，每年的中秋前后，这里天气就已经凉了，百草业已结籽，我们带着早已晾晒好野蔬收获，依依不舍地离开。每到这个时候，我总会在心里默默地说：再见，南山公园，再见，我的百草园……

山路弯弯

　　开车在坝上腹地的一个个丘陵山包间行进，绿野茫茫，山路弯弯。虽无险峻，但绝不平俗。那曲折逶迤高低起伏的山路，无论是感觉还是视觉，都给人一种新奇和突兀感。每当带着一种好奇和小小的恐惧，爬上一座小山峰的顶部后，一片开阔的平地就展现在面前，令人心旷神怡。远远望去，会看到在另一个丘陵连绵起伏的地方，一条银白色的小路在阳光下，在你还未及的地方，又向着一座更高处爬上去了，你可以想象，那可能是你一会儿要走的路。

　　在那弯曲的臂弯处，偶尔会出现一个小小的村落，它们被一重重的自然屏障包裹着，首先是山峰，等走过去会看到一丛丛一排排的大树，那些树很大，有的树干需要数人围抱，这样的树木很多，有的是单棵，有的是数棵密密的成为一丛。通向村子的路都是被这些高大密实的树木遮掩着。穿过这样的林间小路，便会看到一些用石头砌起来的高高低低的墙，走进去方能看到一处处小房子。实在是别具特色，富有情趣。每个村子里都有一种独特而统一的气味，即牛羊群的气味。而略略离开一段距离，就是幽幽花香。任凭小家小院多么的简陋，但是院子里都栽种着鲜艳醒目的花花草草，由此可见，他们对生活充满热爱，对未来充满希望。

就这样一路走着看着，在弯弯曲曲的山路臂弯里，掩藏着一个个这样安静的村庄。

我们在一个山环里的一大片树林边缘停下来，看有没有蘑菇之类可采，密密的灌木丛插脚难下。一大群牛在草地上悠闲地吃着草，两个牧人抱着牧鞭也不时地吆喝着向着更高处游动着。当他们离我们越来越远时，我们突然看到在树丛后的莜麦田里有一头牛在默默地吃着，它的主人把它丢了。在这连绵起伏的山间草地上，丢了是不易找回的。我们只好向着牧牛人的方向大喊，可能他们以为我们是在追究他们的牛吃了麦子，再加上口音的差异，反而撵着牛群走的更快了，我们只好跑到草地深处一遍遍大声招呼他们说牛丢了，牛丢啦，牛丢啦！

希望我们的声音能让远处的牧牛人听见……

我们在一个叫做马连渠的村落问了一下路又继续前进。一路的美景就又在我们的眼前展开了。那遍地鲜花幽草，那满山亭亭松杉杨柳，那如绿色锦缎般的层层梯田，总不负旅行的惊心动魄和辛苦劳累。

最后，我们在一个名字很有趣的小村子停下脚步，这是一个称作美丽乡村的小康村，村名很有趣，叫老龙不落，整个村子里花草栽植的错落有致，街道平整清洁，让人有一种天然与人为相结合的舒服快意感，觉得好像刚刚从原始部落归来又见现代村庄。几个老人坐在石头上聊天，我走过去跟他们打招呼，问这个村名的由来。据说这个村子多少年来收成都比周围的其他地方富庶，土地湿润肥沃，很少有过干旱。过去有人说这里的天上有一条龙，常年能让这里风调雨顺，这个名字由此而来。故事终归故事，其实人们来到这里一看便知，这里地势比周围都低，走在曲折起伏的路上，每每看见道路的最低洼处会有淙淙的溪流涌出，漫过路面向浓密的绿树草丛田园沃野中流去。

　　离开这里，我们继续前行，太阳被一朵朵白云时不时的遮挡，淡淡的光晕让人更有一种美好的心情。

偶过坝上小西梁

住下来，在气候宜人风光无限的坝上草原，与蓝天白云茫茫绿色融为一体，于连绵起伏的丘陵旷野里，寻找属意的情趣。

驱车草原向纵深而行，进入坝上腹地，突然被一大片绿油油的菜地迷住。远远望去，上面似有鲜艳的图案在移动。我很好奇，于是将车拐向侧面的小路，走了一段路程，终于看真切了，是一些妇女在那儿侍弄菜田。

草原的风比较凌厉，阳光紫外线很强。为了防止草原的风吹日晒，她们的头和脸都严严实实的包着五颜六色的头巾，只露出眼睛。大家一群一伙，三三两两清一色的女人，看不出年龄和面目，看去如一朵朵美丽的花朵，在茫茫绿色里显得美丽动人。

我踩着生满野草的田埂，一直来到她们中间，大家正在采摘一种小西葫芦，粗不过一把，长不过二十厘米，浅绿色的，看起来很嫩很小。她们手提黄色的小桶，摘下来轻轻的放在桶里，拍碰掉上面的小毛毛刺儿。我和一个中年女性搭起话来,她似乎有点腼腆,话不多。我问这些蔬菜是拿到城里去卖吗?她说不是,这是为老板种的菜,现在个头大小正好收摘,然后装箱子运到外地去。我问老板是不是外地的?她说不是,就是我们一个村的闺女,有文化,她跑的业务。她说着很有点羡慕,又有点在这里生活的自豪感。我们说着说着,话也多了起来。她说:"男的们都管运输,田里所有的活都是我们女的,整地,栽种,管理,挑选,消毒,装箱……还有好多技术工作,没有男的。我听了很佩服她们,越发觉得这些坝上女人的朴实可爱。她们吃苦耐劳,而且很容易满足,生活得快乐充实。我们说着话又走过来好几个人加入到我们的谈话中来,都带着满脸的快乐。

我说你们的村子叫什么名字?她们甚至不约而同的指着东边的一片绿树掩映之中的红砖房子说:"小西梁。"多么好听的名字,我不由得开玩笑说:"怪不得,西梁女国呀!"她们都哈哈大笑起来。

看着她们有的穿着长长的蓝灰色外衣,问是不是工作服,几个人同时说是,说着笑着就脱了下来,刹那间平添了无限的活泼灵动。

她们问我是哪里的?我告诉了她们,并说这里算是我的第二故乡,我也算半个坝上人了,就住在县城里,我非常喜欢咱们坝上人。言谈之中我们拉近了距离,她们问我去没去过天路,我说去过,很美。我问她们去过没有,她们说还没去过,不过什么时候想去都能去。并告诉我说:她们最想去的地方是北京,等这些蔬菜收成完了,如果疫情也过去了,老板就会让我们大家一起去北京,去看天安门。我们随意地说着话,每个人的脸上都有一种憧憬和向往,再就是幸福感,也包括我。

天过中午,我们说着"再见"亲切地告别,我说在北京等她们。

离开一段距离了,回头看着她们,那多彩的头巾在阳光下更加灿烂,如万绿丛中的朵朵鲜花怒放。我想，纯净美好的环境气候既营养人的身体也能净化人的精神，正如这美丽辽阔坝上草原，蓝天白云，草绿花鲜，空气清新纯净，所以人们的心灵也如那花那草那空气云天，一样的清洁纯净而美好。

　　白云悠悠，绿野茫茫，心情愉悦的我别过小西梁。

飞来的快乐

　　想来很有意思，生活中有好多小快乐，往往是不可预期的，突然来了觉得更加开心。

　　那天下午，我正在家一个人看书，爱人和小孙子快乐地跑回来，说抓住了一只小鸟，我一看，还真是非常漂亮的一只小鸟，红红的嘴儿，嘴角两边各有一撮白白的毛，小小的脸上一边一片深红色的毛，下巴是黑白虎皮斑纹，灰绿色的背儿，翅膀的长羽和尾羽是一节节的黑白相间，真是漂亮极了。小孙子高兴地说，我们养着它吧！我说我们不知道它是什么品类，不知道它吃什么，怎么养呀！宝宝听了为难的说：让它吃馒头和肉不行吗？我说不知道啊！最后我说服了宝宝，和他达成一致协议，决定把它放生大自然，让它去找妈妈。

　　于是我们就带着这只美丽的小鸟来到了小区的大片绿地中，找了一个少有人去的地方放飞。可是无论怎么放，小家伙只是飞一小段就落下来。我说，如果它不会飞高飞远，让猫或别的孩子抓住伤害了它怎么办啊？宝宝说我们先拿回家吧！于是我们又把它带回家来，找了一个纸盒子让它暂且栖身。

接下来这个小鸟成了我家的一件重要的事情，大家也有了快乐的话题，商量着怎么办，最后决定养着它。

第二天我们去花鸟店买鸟笼子，卖鸟的师傅看了我拍的小鸟视频告诉我说，这是一只雄性珍珠鸟，是有人饲养过的，吃谷类食物……从此，我们家就有了一只漂亮的小鸟，每天叽叽喳喳的叫着，悦耳动听。我们给它录了视频。有时候它表现得懒懒的，我们就把录音播放给它听，小家伙听着如遇知音，就又欢快地叫了起来。

这只美丽的小鸟，为我们家增添了无限的快乐。我说：这是飞来的快乐。

坝上深处的田野和村庄

出张北县城开车一直向南远行，丘陵连绵，道路起伏，乔木林立，灌木丛生。这里村子稀少，开车走很长时间才看见一个小村落。

由打开的车窗向外看，在一处处植被丰茂地势低洼的山环里，时而会看到一片片农田，里面种植着各种农作物。这些作物不是用机器抽水浇灌，而是由一道道远处来的溪水自行灌溉，肥料是厚厚的一层牲畜粪便。农田作物生长茂盛，深深的墨绿色，看起来一片丰收景象。由于这里气温低，没有虫害，所有植物就那样纯天然的生长着。

一条曲曲折折的砂石或水泥小路向下蜿蜒爬行在沟沟壑壑之中，我们就顺着这样的一条略陡的小路缓缓向下行驶。看见一段段用大小不一的石头垒起来的不规则的墙垣。一个不大的村落就在洼地中高出的小土包上。由于这里雨水充沛，多有暴雨，为了防止滑坡，原来村周围都是用这样的的石头墙围起来的。一栋栋砖石结构的小房子就建在其中。村口一条碎石铺成的小路向上斜通到村里，不上去根本看不见里面的房子。

村子外面，也可以说是村子下面，大片的低凹地带，上面长满浓密的青草，远远的被高树及其树干上的枝枝杈杈密密的包围着。草地上散放着牛羊驴马，天傍晚时，会看见主人牵着或撵着回家。

人与牲畜看起来整个都是悠哉悠哉的，让人看着总有一种难以形容的感觉，是平淡，是安静，是闲适，总之是那种悠然自得的慢节奏感。人们不紧不慢的劳作，有条不紊的生活，看着十分默契。甚至静寂的听不到一点嘈杂的声音。

我拍了几张照片传回京城给孩子看，他和同事们看了，告诉我说这样的景致如童话般，看着照片中那农民牵着一头毛驴回家，简直就像童话中的阿凡提。

在村旁一片密的树荫处，我们停下来与在那儿悠闲坐着的几个中老年人搭讪说话，她们站起来，有的拉着我的手。由于方言和语音的差异说话听不太清楚，但看得出他们都很热情。离开时他们用一种原始而亲切的眼神看着我们，并微笑着说着什么，我能听清她们最后的话是"……再来。"我与他们挥手告别。

看着他们无忧无虑，悠然自得，与世无争的神态，身处此情此景，俨如陶翁《桃花源记》中所说"问今是何世，乃不知有汉，无论魏晋"的感觉。

太阳逐渐被树梢切割成无数光束，我们驱车循原路返回。爬上陡坡渐行渐远，回首看去，那小村子又隐没在一片茫茫绿色之中。

河北省坝上的草原天路，位于张家口市张北县和崇礼区的交界处，西起张北县城南侧的野狐岭（野狐岭要塞附近），东至崇礼区桦皮岭处，海拔 1474——1483 米，全长 200 多公里。

游人心目中的天路，大多是指这一段。

说到天路，据一位当地作为领导干部的朋友讲，当年修路时，人们都惊讶地说这条路是修在了天上。路修成后很多修路人问这条路应该叫什么名字？当地主要负责领导说就叫"天路"。从此，茫茫坝上草原就有了这个响亮而美好的名字。

天路，整条路铺在山顶上，是把高低连绵的峰峦用一条路连接起来，犹如铺在高高的天上。因为峰岭高低不同，又不在一条直线上，所以路面不仅起伏很大，而且经常有扭曲式的急转弯。车行驶在路上，经常会出现一个急转弯的同时又上坡或者下坡，有时候坡上的人很难看见坡下近距离的车辆。天路上只能行驶小型汽车，而且极考验驾驶技术和心理素质。在山脚下遥望天路，如一条青灰色泛着银光的长长的大蛇，高高的把头伸向了天际，给人一种莫名的震慑和恐惧感，如果没有很强的心理素质和心理准备，可能一看就不敢上去了。就算心理素质好的，也会做一番思想斗争。再就是得绝对地相信驾驶员的驾驶技术，否则只能在提心吊胆中度过了。不知别人，第一次走天路，我反正是这样的。

而一旦走上天路，方知路面上是有惊无险的。路的两旁缓坡很大，足以与对面而来的车交汇行驶，且能随时下车观览美景和拍照。走在天路上，头顶上是蓝蓝的天空，身旁则白云缭绕，人如笼罩在巨大的穹隆之中，似在云中漫步。再往下看，山下也即路下，是一条条如七色彩练般的梯田斜坡和绿地，绿地上散放着成群的牛羊和疏疏落落的马匹，为本已如梦如幻的境界又平添了无限的生动。身临如仙境的天路上，舒服惬意，美不胜收。这时再仰望着蓝天碧空，举起双臂拥一袭白云，空灵的心中不仅早已把踏上天路那一刻起的恐惧抛在了九霄云外，而且还平添了几分豪气。这就是坝上草原最著名的天路，也是无数游人心目中的天路。

八九年前我曾经走过这条路，那时走天路的人较少，路上没有任何人为景点，没有任何被人为污染的痕迹，一路走来如入无人之境。美丽自然，清新脱俗，心旷神怡。

除了这条主路，还有其他的一些路段，也可以称其为天路，那里去的人比较少，也是景色美丽，风光无限，有惊无险。

这次我们是重走天路。八点在张北县城出发，在南壕堑出口一路向南，向东南，大约一个小时左右就上了天路。

这里且不说沿路景点。车子一路爬坡，越往前，路的起伏越大，景色也更加美丽，随着一个个大坡度的急转弯，突兀奇观不断呈现眼前。随着阳光不断变得强烈，远远望去，远方更高处行驶的车辆，犹如低空飞行的小型飞机，翱翔在蓝天白云之下，绿涛汹涌的千山万壑之中，在阳光的照射下泛着耀眼的光。

接近中午，阳光炽烈，云雾蒸腾，停下车，选择一个高度遥遥望去，大团的云朵不时地把阳光遮住又移开，绿色的山岭随时幻化出斑斑点点浅淡不一的色彩，加之层层梯田作物颜色各异，更是美轮美奂。我不禁感叹，哦，坝上，风景在路上。

说到此不仅感慨，每次走上天路，都有一个相同的概括的感觉，那就是：蓝天如穹隆，碧海连天际。而每次身临其境，总还有一种情愫在里头，是什么？说不出来。这次终于明白了，是背景，眼中的背景与心中的背景。因为这是与我的故乡截然不同的背景，无论它离故乡或近或远，不同于故乡的背景，就足以让我觉得很远很远了，我终于知道"离乡背井"的真谛。这巍巍天路辽阔草原，这烂漫的繁花，奔腾的骏马……这一切让我感到新奇和享受，这一切又让我不时想起故乡那熟稔的景物。

再向前走，那令人震撼的峰峦叠嶂，青黛不一的巍峨，更显得空山幽谷的神秘，衬托出茫茫天路之高远，天地造化之奇伟。

返回途中，我们走走停停，不觉间一块云层见厚，接着几滴雨落在头上，我以为只不过"两三点雨山前"而已，谁知一会儿便大雨如注并夹杂着冰雹，只好躲进车里停下来等待雨霁。大约二十分钟，雨停了，朵朵白云又漂在了蓝天，西边天际呈现出薄薄的绯红……正如一首写坝上的诗："云飞雨过鸟啼空，日暮天涯一片红。牧马归来明月夜，野花扑鼻带香风。"

天路，不虚此名，走天路，不虚此行。

天路遥遥，天路巍巍，无论重走几次，依然感到新奇，依然觉得刺激，依然有不同的感想和收获，也依然会激情满怀。

野山天路寻幽探趣

河北省的北部，有一个美丽的地方，就是我国著名的坝上草原。海拔一千三百多米，气候凉爽，空气清新，草原辽阔，森林浓密，丰富的自然植被造就了良好的自然环境，被称为天然大氧吧！更是夏日避暑的好地方。

坝上的气候一日多变，往往是清晨一看阳光明媚，蓝天白云，可接近中午就会风云突变，或大雨倾盆或小雨淅淅，或许到了傍晚又会晚霞满天了。

午饭之后，我们自驾野山天路，一路向西。穿过一段林地之后，渐渐驶上了山路。

随着坡度越来越陡，天路的行程开始了。透过车窗远望，这里峰岭连绵，近看沟壑纵横，一条通往远方的狭长的柏油路，逶迤如蛇，形如一个个"S"形的路段不断出现在前方，车速只得缓慢下来徐徐而行，时而上坡时而下坡跌宕起伏。路两旁野花遍地，蝈蝈乱鸣，这里没有庸滥的"旅游点",山高云低处尽显幽静神秘。

大约走了两个多小时,我们停车密荫小憩时,耳畔传来淙淙的流水声,这顿时勾起了我们的好奇心。我们便寻着声音找去,由于高树密集,灌木丛生,天色渐晚光色变暗,向里面走了半天并没有见到什么溪流,只是远远望去在黑黢黢的绿树丛里,稀稀落落的似有村落,仔细听又没有半点动静,只有鸟叫虫鸣更加热烈。在这种状况下,曾经看过的探险故事不时地在脑子里回荡,我有点害怕,极力要求返回,于是我们只好调转车头……

为了一探究竟,第二天上午我们早早出发,又向着昨天走过的路前进了。天气晴朗,气温宜人,我们在昨天只闻水声不见泉的地方略停,然后向着高处继续前行。终于,在绿树丛中看见一块小木牌上写着"哈叭庆",再往前走,竟是一个小村落,大部分隐没在崎岖山路的臂弯里,只能见到十来户人家。绕过小村子方看到前面有一条弯弯曲曲的溪流,淙淙溪水漫过大大小小的石头由远方而来,然后穿过一段"V"字形的柏油路面,流向未知的远方。清澈的溪水一路在阳光的照射下变得温暖可人,凡是路过的游人都禁不住暂停下来洗脸濯足,还有的干脆下到清凉的溪水里嬉戏一番,享受大自然的纯真妙趣。

村子里三三两两的妇女来这里洗衣服,石上搓,溪中涮,不用任何现代洗洁物品,洗后顺便晾晒在岸边的枝条上,干净鲜艳。真想不到那样洗涤后的衣服穿在身上是何等的感觉!我禁不住褪去鞋袜下到水里,坐在一块石头上与洗衣者攀谈起来,其中一位年轻女性就是在大城市上班回家休假的,言谈话语中充满着对家乡的自豪感。原本以为她们是土,是穷,而后方知自己的浅薄。

这里的自然环境没有丝毫的污染,这里的人也如这山,这水,这树,这蓝天白云绿草野花，自然，淳朴，本真。在如此情境中与之交谈，就如回到遥远的童年……太阳西沉，万物霞染，前方的路更加陡峻。

返回的路上回望那小小村落，此时又与那浓浓的绿色和霞光融为了一体，神秘，宁静。我突然想起一首诗："家住夕阳江上村，一弯流水绕柴门。种得松树高于屋，借于春禽养子孙。"

幽径

日间人语少，晚来星光碎。

仰面花香沁，仄耳鸟声脆。

高树蔽云天，芳草匍地翠。

风露醇如酒，小啜人也醉。

一段不足二百米的人行小路，每次走在这里，总有种特别舒适惬意、时光悠远的感觉。它充满着诗情画意，总能让人产生丰富的联想找到多彩的灵感。

在标图上看，这是一片长形的绿地，中间有一段凹进去的地方，如一弯瘦长的月亮。两边用丝网围罩，被藤类植物攀爬得看不出一点丝网的痕迹，倒像是一道天然植物屏障。一条曲曲弯弯的东西向小路蜿蜒在其中，向两头逶迤而去。紫红色绵绵软软的塑胶路面，走起来总是那么轻松愉快，甚至有种想象中的神秘。不同品名的植物达几十种，它们天然繁茂地生长着，可以称得上是乔木林立灌木丛生，各种花草植被厚厚地铺满两边高低错落的地面。隐藏在花草之下的喷水设备随时高高地扬起细细的水雾，使得这段小路更加空气清新湿润，草木繁茂。小路好像有一种自然的约束力，人们走在这里都是行声悄悄，了无喧哗。无论春夏秋冬风霜雨雪，都堪称为一道幽美的风景。

春天，鲜花盛开的季节，各类花卉次第开放，高处碧桃樱花低处忍冬丁香等等开得满满当当花团锦簇。走在小路上繁花如锦似霞，绿植葱翠养眼。夏日里高大的白蜡、银红椴、元宝枫、蒙古栎、栾树、白蜡……枝繁叶茂，遮天蔽日，把路面笼罩起来，烈烈的阳光在天空洒下一道道的光束，透过密密的枝叶，变得如迷离的光影，风一吹动，如水波荡漾，走在小路上根本感觉不到炎热。雨天不用打伞，雨滴基本不会落在身上。秋日里，一棵棵高大的银杏树叶子渐渐变成了金黄，随着秋色渐浓，叶子飘落，满地黄叶与树上的交相辉映，走在路上去融进金色的世界里。红彤彤的元宝枫叶子飘飘洒洒落下来，与各种叶子相互交织媲美，把小路的秋天装点的七彩斑斓。冬天，这段小路也不输自己的娇美。尤其是下雪后，清晨起来，走在路上，各种松柏的枝叶上挂满了雪，真真的银装素裹，一条弯弯曲曲的小路在雪的覆盖下，变化成不同的形状，似一条条蛇，红红的脊背蜿蜒起伏，俨然一幅幅生动的水墨画。

更人性化和有情趣的是每一个拐弯或僻静处，都会有一片用碎石子做成的沙地，旁边设有竹椅石凳，供行人落脚闲聊，甚至情人谈心幽会。每每走到这段幽静的小路上，我总是会坐下来小憩一会儿，一天有什么烦恼，紧张或疲倦，也随着身心的放松而默默消散了。

白日里走在小路上，两边树木花草厚密如屏，显得幽深静谧，到了晚上，这里更显得格外幽静，一团团洁白无瑕的天目琼花，开得香气浓郁沁人心脾。特别是月光皎洁的时候，树枝婆娑光影迷离，总会想起王维"明月松间照，清泉石上流"的诗句。

尤其初仲夏季节，这里是野生小动物的乐园，清晨可谓真正的鸟语花香，各种小鸟绿荫鸣唱，随时可见。晚上，一些白日潜伏的小生灵也出来观光觅食。

有一次我正慢慢地走着，绰绰的光影里似有什么在动，轻轻走近一看，原来是几只小刺猬在草丛里慢慢地嬉戏，一边走一边向周围嗅着，我正想拿出手机拍照，树荫里一对年轻人轻轻地站了起来，小声地告诉我，这一家子小刺猬早就出来了，别打扰它们了，他们已经拍了照。如果我愿意加他们微信，他们可把照片传给我。于是我们各加了微信，原来和他们竟是一个小区的，从此每次见了面都亲切的打招呼。我觉得很有趣，一个简单的遇见，一份浅浅的缘，媒介竟是一家可爱的小生灵。

幽幽小径，给我一种特别的温馨，小径幽幽，让我享受一份独有的宁静。因我爱之独称为幽径。

第四辑

乐游山水

（一）有福之州

来到福州，第一眼看到的是街路两旁的广告牌上极为醒目地写着：有福之州欢迎您。位于东南边陲的富庶之地，偏偏有着这得天独厚的名字，福建——福州，看到这样的名字就觉得享受。

来福建并不是第一次，由于各种事情对这个省份的地理环境和风土人情可以说略知一二，而来福州却是第一次。既感到生疏又有一种亲切的感觉，因为曾接触过该省不同地域的不少人和朋友。对这里的人不太标准的普通话很熟悉，柔柔绵绵的，让人不感觉突兀生分，正如所接触过的这里的人。

火车到的南昌站，上来一位中年先生，由于这个时候已近十点，所以他上车就到自己的卧铺睡了。再好的火车卧铺也不像在家，所以他半夜里就起来了，我们是下铺，他打了招呼，就在爱人的铺上坐了下来，继而就聊起了天。

原来他就是福州人，一听我们也就来了兴趣，问这问那起来，从福州的风土人情、人文地理，到这里的古迹名吃等等。他知道的很多，讲得也具体生动，看见他，听着他的讲述，就好像懂了福州，懂了至少一半的福州文化，懂了大部分的福州人，那种亲切热情让我们迅速减少了生疏感和戒备心。

上午九点多我们到达了目的地，下车前他说一会儿他的司机来接他，让我们坐他的车出站，并说要去哪里告诉他，他可以直接把我送过去，并给我们介绍了几家全国连锁的不错的宾馆。我们上了他的车，他说还是先吃了早饭吧！于是就直接和我们一起去了一家早餐饭馆。按照他介绍的那样，小饭馆都是地方特色小吃，不愧当地人，他熟悉地点了餐，我们一起吃了饭。其间我们互相介绍了地址并留下了联系方式。方知这位先生姓洪，是福建省南京同仁堂的老总，我说就称呼你洪总吧！正好这时孩子打来电话，说帮我们联系好了住处，是福州较高端的宾馆，苏州园林式的，让我们放松一下。于是洪总又把我们送到了宾馆。一路上他的电话不断，但尽管如此，他还是那样耐心的向我们介绍着我们想知道的事情。

我们握手言别，我说："洪总，首次来福州，第一个遇见你，我们萍水相逢，却得您热心帮助，对于我们，真的是幸福之州啊！"他说不客气，福州人很好的，在这里有什么事联系他。我们说没有别的，只是真诚地祝你生意兴隆，家庭幸福，事业蒸蒸日上。

对此，我不得不说：感谢缘分，感谢遇见，感谢人与人之间那千年不灭的善良和真诚。

（二）绿色之州

福州自古有很多美好的名字，其中就有榕城这一美称。

来到福州，首先为这个城市的迷人风光所折服。走在大街小巷，处处都能看到一棵棵一排排硕大的榕树，它们枝繁叶茂，郁郁葱葱。柔软细长的气根一缕缕向下垂着，和粗大的树干形成一个美丽的整体，在一些较窄的马路上，几乎把整个路面罩住，人走在街上如走在篱径长廊里，清凉舒适。还有高大的大王椰树，树干笔直挺拔，又无侧枝，俨然一排排整齐排列的守城卫士，为整个城市增添了浓郁的南国气息。由此使整个城市看起来感觉厚重而湿润，给人一种大气深沉的立体感。

只知杭州西湖美，扬州西湖瘦，却不知福州西湖之盛。和苏扬的湖完全不同，这里是这个城市著名景区，碧水逶迤连绵，和岸上的古典建筑亭台楼阁遥相辉映，相得益彰，和茂密的树林、奇花异卉形成一个和谐统一的偌大园林。本来说城市街道两旁的大树多，在这里就更加体现出榕树的魅力。依湖而建的栈桥，几乎被绿油油的树冠罩着一半。走在曲折优美的栈桥上，这边是水阔天高，碧波涟漪，那边是绿树参天，花草葱茏。如果你若去森林走走，那就是另一番景象和感觉了，每一棵榕树都堪称一个小树林，若干个小树林盘根错节的形成一个森林，人们在里面走的多了，树根处都踩出了小路，就那样踏着树根慢慢走，并不影响它们的生长。西湖的水通过很多条水沟小河向林中蔓延，输送着足够的水分，使得这里所有植物生长得十分茂盛。树种繁多且高大壮硕，古木参天。

到了晚上华灯霓虹，把整个西湖装点得如仙境一般。宋代诗人辛弃疾曾来此，写有词《贺新郎·三山雨中游西湖》：三山雨中游西湖有怀赵丞相经始翠浪吞平野。挽天河谁来照影，卧龙山下。烟雨偏宜晴更好，约略西施未嫁。待细把江山图画。千顷光中堆滟滪，似扁舟欲下瞿塘马。中有句，浩难写。

诗人例入西湖社。记风流重来手种，绿荫成也。陌上游人夸故国，十里水晶台榭。更复道横空清夜。粉黛中洲歌妙曲，问当年鱼鸟无存者。堂上燕，又长夏。

（三）文化之州

福州是一个历史悠久的城市，有着深厚的文化底蕴。三坊七巷，冶山春秋园，还有著名的三山文化，素有三山两塔（乌山、于山、屏山，乌塔、白塔）一条江（闽江）的古文化胜地之称。

首先说三坊七巷。三坊为衣锦坊、文儒坊、光禄坊，七巷为杨桥巷、郎官巷、塔巷、黄巷、安民巷，宫巷，吉庇巷。

三坊七巷位于福州市中心最繁华的鼓楼区，是福州的历史之源、文化之根，自晋、唐形成起，便是贵族和士大夫的聚居地，清至民国走向辉煌。区域内现存古民居约270座，有159处被列入保护建筑。以沈葆桢故居、林觉民故居、严复故居等9处典型建筑为代表的三坊七巷古建筑群，被国务院公布为全国重点文物保护单位。

三坊七巷为国内现存规模最大、保护最完整的历史文化街区，是全国独一无二的古建筑遗存，是"中国城市里坊制度活化石"和"中国明清建筑博物馆"。

在这个街区内，坊巷纵横，石板铺地；白墙瓦屋，曲线山墙、布局严谨，匠艺奇巧；不少还缀以亭、台、楼、阁、花草、假山，融人文、自然景观于一体。

"谁知五柳孤松客，却住三坊七巷间"，三坊七巷人杰地灵，出将入相的所在，历代众多著名的政治家、军事家、文学家、诗人从这里走向辉煌，有的坊名、巷名就可看出当年的风姿和荣耀。

每一坊一巷都有它丰富多彩，历史悠久的故事。

"冶山位于屏山东麓。汉高祖五年（公元前202年），福建历史上第一座王都——"冶城"，即闽越王无诸（越王勾践后裔）的都城始建于此。越国人善冶炼，欧冶子便为其中佼佼者。

年轻时就对冶炼产生兴趣的欧冶子，发现铜与铁在性质上存在差异，冶铸中国第一铁剑——龙泉剑，开我国冷兵器之先河。欧冶子为铸剑游历四方，寻适宜地点，欧冶池属其中较早一处。

欧冶子在福建影响深远，其铸剑之山名为冶。数百年后，闽越王无诸在此建福州第一城，遂名为冶城。因欧冶子声名远扬，欧冶池亦为人文胜迹之地。相传唐代修塘，池内掘出铜刀和剑环若干，后人命其名欧冶子产品——'铜兵器'，并将其作为祭祀用器收藏。宋朝时，筑欧冶亭于池边，建喜雨堂，剑池院，凌云台和画舫，成为古今文人观赏之地。"（摘自《冶山历史背景介绍》）欧冶子铸剑的历史故事和传说，为历代文人墨客所传颂，所夸张和加以杜撰，不仅成为了尽人皆知的神话传说，也成为了中国博大精深的历史文化之一。

园内，有一片碑刻石林，每一个方形石碑上，四面都是摩崖石刻，诗赋联对，不下百篇。

历史已然过去，只有故事作为历史的载体，为后人传记。正如清代魏杰的《冶城怀古》："铸剑屠龙事已灰，冶山深处独徘徊。越王有墓无人识，衰草寒烟土一堆。"

三山两塔贯一江，既乌（石）山、于山、屏山，乌塔、白塔、闽江。

三山鼎立，两塔对峙，形成"三山两塔一条江"的独特格局。尤其乌山，又称乌石山、射乌山、道山，山顶又吕洞宾的道场，相传汉代何氏九仙于重阳节登山射乌得名。唐天宝八年唐玄宗曾敕名闽山。

乌山海拔 86 米，这里古文化底蕴浓厚，源远流长。这里面的摩崖石刻众多，尤以宋代最多。后世许多官吏、文人都在山上留有诗文和题记，如程师孟、陈襄、赵如愚、朱熹、臧克家等。

若不是借助现代工具摄影拍照，就是你再怎么博学多才过目不忘捉笔速记，也不是一朝一夕能记得下来的。很多是历史名人的亲笔手迹，如宋代米芾，康熙皇帝……等等，真正应了那句"山不在高，有仙则名"。

福州的茶文化也是博大精深，由于这里气候湿润，气温适宜，极有利于茶树的培植和生长。尤其是这里种植的茉莉花，朵大香浓，窨制出的花茶不乏精品极品。堪称历代文人骚客品茶赏景吟诗作赋的灵杰之地。

可惜由于时间短暂，笔拙手懒，写不出那生动深刻的真实，有待朋友亲自去了解和探究吧！

福州丰富多彩的历史文化，值得每一位爱好中国历史文化的人去考察，去探究，去欣赏。

时间匆促，只是管见，无须赘述。

有福之州，丰富之州，不虚此行。

烟雨杭州

（一）雨雾西湖

初冬的杭州，却是一个细雨霏霏的日子。

一下车细雨正浓，正应了一首歌的歌词：江南人留客不说话，只有小雨轻轻地下……走在游人熙来攘往的马路上，湿湿的风吹着梧桐树硕大的叶子，在脚下飘飘忽忽，半绿半黄的叶片相互印染着秋与冬的底色，人间天堂的此情此景，温润而又有些许冷艳。

小雨如酥如麻一直到午后方停。住处就在西湖附近，耐不得藏纳古今千年文明的西湖美景的诱惑，略作休息便向西湖走去。虽是这样的季节，但去西湖的人依然不少。怀着一颗未眠的童心，沿着湖边慢慢地走着，寻找油纸伞下那清丽的半怀愁绪半骄矜的女孩，看诗人笔下那衣袂飘飘的仙俗。但眼前只能看见来去匆匆的游人。此时的西湖，早已没有了杨万里笔下别样红的映日荷花，只在湖湾处看到寥寥残荷。湖边停泊着无数游船，遥想当年白娘子遇雨向许仙借伞，成就千古奇缘的断桥，已在烟雨迷茫中若隐若现。想当时的情景如果搁到今天，她只要舍得花上几个钱，船有的是，伞更无须借，当然白娘子和小青还依然是姐妹为伴，就没有那千古佳话了。

"水光潋滟晴方好，山色空蒙雨亦奇。"西湖烟雨蒙蒙，远远望去只是青黛不一，著名的西湖八景隐藏在其中。岸边绿树掩映花草鲜艳，柳浪闻莺，万华亭等旧迹和一些新建小亭随时可见，但总觉得这样的景致都是似曾相识，幸而古往文人骚客的足迹在，文化底蕴在。西湖毕竟是西湖，而我心已泛泛。

依然沿着湖岸，踏着点点积水的曲折的石板小路，随着游人一路辗转，来到了雷峰塔景区。远远望去，雷峰塔在高树云雾之中。到得跟前，购票登塔。镇压白娘子的老塔早已如鲁迅所说倒掉了。新塔玲珑而不失壮观，乘电梯登上塔顶。站在塔顶鸟瞰西湖，别具一番情趣。著名的苏白二堤贯穿小半个湖面，和断桥呈一剪状，隐没在茫茫雾霭云烟之中，虽看不清真面目，倒牵出来无限的想象空间。仅这长长的苏白二堤，至今已越千年，在它上面走过无数的人，除了白居易、苏东坡，还有岳飞、苏小小、秋瑾等等，古人今人，就是这苏白二堤把古今连在了一起。遥想当年，如果白居易来此做刺史，不是把百姓的疾苦放在心上，那天然的白沙堤是否还这样名扬千古？如果苏轼不被贬谪，仕途一帆风顺，他会到这里来吗？再如果他就是来了，而碌碌无为，还会有这千古诗话的苏堤吗？那么，杭州的人乃至今人是不是多了一份寂寞啊！

欲回住处已是下午五点多了，天早已黑下来，夜雾渐浓，车打不上，下了公交我们竟迷路了，情急之下问了好几个人，也都是外地游客不知道。就在这时，走过来几个小姑娘，我们试着一问，她们详细地告诉了我们，我们觉得听明白了往前走，走了一会儿，听后面喊："叔叔，叔叔，可追上你们了。"回头一看正是我们问路的那几个小姑娘，气喘吁吁的。她们说你们这样走太远了，让我们跟她们走，说是顺路。就这样我们跟着她们几个，穿过长长的地下商城曲曲弯弯向前走着，终于远远看见所住宾馆的大招牌，告诉她们就是这里。几个人说："你们知道了？那我们回去了叔叔。"原来她们是专程送我们的。几个小姑娘消失在柔和的灯光夜色里，一个偌大的陌生的城市使我顿时感到充满着温暖和亲切。那油纸伞下……那西子湖畔……那几个皮肤白皙清纯婉约的小女子，那天真无邪满怀爱心的小姑娘，不就是我要在这人间天堂里寻找的可遇而不可求的美丽景色吗？

（三）诗情画意话乌镇

"一竿风月，一蓑烟雨，家在钓台西住。……"（宋·陆游）

这是一个极具江南特色的小镇，所谓的"小桥流水人家"在这里体现得淋漓尽致。其实走进桐乡我们就已经感觉到这一特色了。

很多场所的名字也极具诗意。来到乌镇，在一个名为"墨意淌"宾馆住下，说是宾馆，倒不如说是一别具水乡情趣的农家院。一进去便能感觉到浓郁的水乡特色，不算宽敞的院子里，一个不小的养鱼池豁然呈现在当中，四周仅仅用不足十公分的青砖磊砌，一池碧水，若干条各种颜色和斑纹的大鲤鱼游越其中。四周墙壁疏疏落落爬满了青藤，叶花纷繁。各个卧室床凳桌椅都是纯木本色，墙面也是仿照过去平常人家泥抹样子，整体清雅温馨，真如一幅水墨翰淌的写意画，恰如其名，此后我们又在不同的餐馆商店看到各种各样的建筑布局，他们各具特色，但都不失清雅之本色。

（三）东栅观景致，西栅夜荡舟

到了东栅，首先被这里的建筑格局所吸引。似乎原本不宽的一条小街，竟不知为什么被一条曲折碧透的长河神奇地划开，原本相依相偎邻里竟变成隔岸相望。两岸的木楼瓦屋依水而建，深褐色的木质楼体以及青灰色的瓦顶，斑斑驳驳透着古久的痕迹。人家依水而居。当地人说这里的一切都是慢节奏。透过小小的阁楼木窗，随时可见住在这里的主人晾衣晒被神情怡然，好像外面的繁华景象与他们毫不相关，绝不会为外面的一切所惊扰。

再往两边是古街深巷，清秀典雅，茅盾故居建在这里。这位当代著名的文学大师，真会为自己寻找现实中的艺术灵感，是否可以说，艺术大师在这水墨画廊般的环境里，能写不出脍炙人口的旷世杰作吗？河里乌蓬小船来来往往，浪花激荡，棹歌声声，熙攘的人群也会被这里的古朴本真的氛围所湮没。无论是走在古幽的街巷里还是坐在老渍斑斑的乌蓬小船上，都有一种时光倒转的感觉。尽管是白天，如若不是如织的游人相伴，你一个人站在这里，看到这影影绰绰水光潋滟之中的木楼小船，闲逸安详的小楼之人，一定会误以为是世外桃源或者海市蜃楼吧！

这个季节下午五点多已是夜幕深沉，自下榻的宾馆步行十几分钟到西栅。乘船夜游西子河，可谓一种静与动完美结合的绝妙享受。

坐在乌蓬船上手扶船舷，岸上与水面交相辉映的夜景可尽情饱览。两岸木楼影壁马头墙在灯光树影里显得斑驳而神秘，楼底青石堆砌细浪敲打，使两岸建筑映在水中的倒影变得光怪陆离千姿百态，一个个伸入河边的码头的灯光造型，岸边的各类商铺有的点燃烛式的小灯，有的挂着颜色多变的串串霓虹，还有的在最高层的屋檐处挑起连串的大灯笼直垂地面，古风古韵情趣十足。更有意思的是，身在船上，只见两岸行人匆匆，长长的影子映在波光粼粼的水面又迅即消散了，却听不到一丝的喧哗，只听到船桨划过水面所激起的浪花声。迎面凉风习习，水光雾气里各色灯光明明灭灭，远处传来的笛声也幽幽咽咽时断时续，悠忽之间想到传说中的冥界仙境。不是已忘记，而是确确实实感到自己已不再置身尘世。

船家说整个乌镇的河流上，大大小小七十二座桥，它们大小不一造型各异，且每一桥周围景观绝不相同。下了船，我们在两岸的小巷穿行。与他处不同的是，在这里的任何一家商铺无论是购物还是观赏，都没有拉客的现象，一如那河、那水、那夜色，轻柔、静谧、安详。由于时间有限，我们不时地跨过一座座小桥，浏览徜徉于河两岸。与东栅不同的是，岸上楼台水榭星罗棋布，纵横交错的河流支叉把不同的建筑隔开，非桥船而不能通行。无论深宅大院还是清幽小楼，骑楼廊坊高屋重脊。所有古式建筑的主要特点是不慕奢华，没有描金堆彩，只有工艺精湛古朴，美在本真与特色之中。一石一屋都是一幅画，大处看若写意，意在深奥含蓄，小处看似工笔，一笔一画艺术精湛匠心独具，这里的夜是一首首诗，一支支歌，更是一个个神秘而美妙的故事。

晚唐诗人韦庄有"人人尽说江南好，游人只合江南老。春水碧于天，画船听雨眠。垆边人似月，皓腕凝霜雪。未老莫还乡，还乡须断肠。"大概就是这样的美景和感受吧！

离开乌镇时又是细雨正浓，离开杭州时雨霁雾重，真若水墨丹青，江南特色尽显。杭州～江南，雨雾相迎，又是雨雾相送，诗情画意，贯穿其中。

有感普陀寺

在厦门的鼓浪屿，攀上日光岩，有一座著名的寺院 ----- 南普陀寺。寺院坐落于五老峰下，始建于唐代，是闽南著名的古刹。初名泗州寺，宋代易名普照寺，至清朝的康熙年间，因供奉观世音菩萨，且在浙江普陀寺之南，故名南普陀寺。这座寺院背山面海，风景十分优美。（1924年改为十方丛林，创办闽南佛学院）

进入寺院，同其他寺院一样，条条楹联，片片偈语，每一条精深独到的妙语，无不震撼着每一位红尘过客的灵魂。

如云的游客步入寺门，各以自己的目的和虔诚驻足于尊尊佛像之前，或祈求，或许愿，或自醒，或深思，更有焚香祷告，顶礼膜拜之众。似是到了这里，俗念已去，大彻大悟。在这里我却发现了这样几个字："心即是佛"，"为善常乐"。几个朱红大字分别鉴刻在不同的巨石上，与香烟缭绕，香客如云的殿宇佛龛相比，更显得清净而悠远，威严而壮观。

人们在巨石旁川流而过，有的稍作停留不做多想。因为相信佛法无边，所以求佛拜佛，却不注重"心即是佛"，只有自己怀一颗佛心拯救他人，自己方被拯救。存一腔善念施舍他人，自己方得佛所施舍。求佛给予自己快乐，却忽略了"为善常乐"。只有使他人快乐的人自己才快乐，否则，恶念丛生或贪心无度，即使在佛像前长跪不起，又如何能到得彼岸了呢？

人不可能都叱咤风云，皆有伟人之壮举，只要你心存善念，佛即在心中，你不祈求保佑，心中之佛也保佑了你。还有心也如佛啊！

由此想起一件事。旅行中在候机厅，很多人把行李物品放在公共座椅上，通行的一位老友怕影响他人入座休息，便把行李一件件移到地上，这时发现一个座椅上有一汪水，透明的水在椅子上不易被人发现，这时时间已到须马上登机了，已来不及擦掉，慌忙中朋友抓一把瓜子儿放在上面。他说，这样别人入座时打扫瓜子就能看见水了。飞机起飞了，我还为此而感动着。在南普陀寺，我说他，你这样的人无须时时拜佛，因为佛已在你心中。

是啊！一件最简单的小事，往往能折射出一个人深沉的内心和高洁的品质。所谓的佛心善念，不就是在那些不引人瞩目的小事上体现出来的吗？佛心，人心，如此接近却又相距遥远。

（四）九曲溪畅想

游山玩水乃人生一大快事。体会山之险峻，领略岭上风光，在每一座山上都能得到，而武夷山的竹排漂流，却是独具特色且妙趣无穷的览胜方式。

九曲溪源自武夷山的桐木关，正溪汇入崇阳溪，后入闽江。因受地质断裂所致折为九曲，长9.8公里，流经八峰五潭。两岸峰岩夹峙，山水环流，水贯山行，丹山碧水。乘竹筏顺流而下，如入山水画廊之中，令人赏心悦目。

坐在原始而简易的竹排上，把脚伸进清凉的溪水里，沿九曲溪漂流，竹棹划出一串串碎玉般的浪花，溅在身上、脸上，听着艄公连珠的妙语和神话，看薄雾撒在山水之间，如撩开一层层半透明的轻纱，显露出一幅幅秀丽的画面，使人顿有一种返璞归真超然世外之感。

给我们撑竹排的是一位经验丰富的中年艄公，他告诉我们，他家在九曲溪边上已经居住了三代人啦！自己撑排已经二十多年了，对那些凿刻在石壁上的每一曲棹歌早已是倒背如流。但对这九曲十八弯的青山碧水，每划一曲都有一种新鲜而亲切的感觉。我们问这些岩石上大大小小的石坑是怎么来的，他笑了笑，然后用竹棹的尖在岩壁上轻轻一点，竹排便绕过一片浅滩，排挤出无数朵浪花飞速前进了。我们明白了，那石壁上斑斑驳驳的石坑，正是多少年来棹竿点出来的，还可以说是用那粗犷的巨笔写出来的。一部无字的大书，囊括了多少代艄公的辛酸与快乐，记载了多少可歌可泣的人世沧桑。我们这些有幸漂流在溪中的过客，谁又能真正的读懂它呢！

顺九曲溪漂流，无数个被人赋予了生命的自然景观争相入目。有的如少女凝立，曰"玉女峰"，有的如魁伟庄严的王者，曰"大王峰"，有的大小相对如蕉叶，曰"真假芭蕉"，而有的色如白云直耸蓝天，曰"白云峰"，又如"双乳峰""笔架山""三仰峰""鳄鱼石"……等等。每一曲都有它的绝妙之处，令人流连忘返，而每一座峰都有一个美丽动人的传说。

我问艄公，能否把九曲溪每一曲的歌唱一遍，他欣然答应了。并说，这些棹歌是千百年流传下来的，不知经过多少人传唱，很多词已经不同了，因此不同的人唱来也不一样，他就把自己经常唱的那些唱给我们听。如：

武夷山上有仙灵，山下寒流曲曲清。

欲知个中奇绝处，棹歌闲听两三声。

一曲溪边上钓船，幔停峰影蘸晴川。

虹桥一断无消息，万壑千岩锁翠烟。

二曲婷婷玉女峰，插花临水为谁容？

道人不做阳台梦，兴入前山翠几重。

三曲君看架壑船，不知停棹几何年？

桑田海水今如许，泡沫风灯各自怜。

四曲东西两石岩，岩花垂露碧㲯㲯。

金鸡叫罢无人见，月满空山水满潭。

五曲山高云水深，长时烟雨暗平林。

林间有客无人知，欸乃声中万古心。

六曲苍屏绕碧湾，茆茨终日掩柴关。

客来倚棹岩花落，猿鸟不惊春意闲。

七曲移舟上碧滩，隐屏仙掌更回看。

却怜昨夜峰头雨，添得飞泉几道寒。

八曲风烟势欲开，鼓楼岩下水潆洄。

莫道此地无佳景，自是游人不上来。

九曲将穷眼豁然，桑麻雨露见平川。

鱼郎更觅桃源路，除是人间别有天。

漂完九曲溪，一抹夕阳还未退出山顶，人已上岸，而心依然随溪流远去……

九曲溪漂流，正可谓"抬头观山景，俯首赏水色。侧耳聆溪声，伸手触清流。"白居易有"日啖荔枝三百颗，不辞长作岭南人"的诗句，我对朋友说，日漂九曲一溪水，不辞永做武夷人。

（五）美哉虎啸岩

虎啸岩位于九曲溪的二曲南面，这里怪石崔嵬，流水迂回，可谓独具泉石天趣的佳境。"虎啸灵洞"四个大字高勒于岩石之上。岩的上方有一个大洞，迅疾的山风穿过石洞，会发出阵阵怒吼之声，声传空谷，犹如虎啸之声震撼群山，故而得名。攀虎啸岩乃为游人一大奇观。游人攀援于四百多米的光滑石壁上，手抓悬梯如猿猴一般，俯瞰幽谷神探，心中顿生情景险恶之感。

关于"虎啸岩"，还有这样一个美丽的传说——

相传"虎啸岩"古时有一座尼姑庵，终年香火不断。一天，尼姑们忽然听到空中传来一阵虎啸声，使得群山震撼，百兽皆惊。尼姑们害怕极了。于是躲在庵门内窥视，只见一个白发老翁，骑着一只斑斓猛虎，神情自若，目光炯炯有神。老翁下得猛虎，便盘膝坐在峰巅，极目眺望四周景观，任猛虎在其旁狂啸。尼姑们都惊呆了，默默的闭上眼睛不敢观看。渐渐地听到虎啸声越来越弱，越来越远，待她们睁开眼睛，发现那峰巅上老翁和猛虎已不知去向。消息便传开来，从此，那庵便定名"虎啸庵"，那峰也便定名"虎啸岩"了。

"虎啸岩"与"白莲渡""集云关""坡仙洞""法雨悬河""语儿泉""普门兜""不浪舟"和"宾曦洞"等形成虎啸八景。因这里群山壁立，峡谷纵横，泉水充沛，气候温湿多雨，与茂盛的自然植被相得益彰，云蒸霞蔚，如集漫天云雾于此处，确有"集云"之美。

在这里，千仞悬崖向外倾覆，两边巨石张开，形成一个巨大的洞府。这里有一处建造别致的禅院，名曰"天成禅院"。整个禅院完全根据天然巨石依型凿就。意为整个寺院非完全人力所为，而是依赖天地造化之杰作，浑然天成。站在洞底仰望聆听，激流飞瀑，幽咽作响。大股的泉水自高空落下，瞬间击打在重重岩石上摔碎成无数水珠，时而似河水哗哗，时而又似细雨霏霏，故而被赋予"法语悬河"的美称。在洞中有一奇异巨石，泉水撞击石上如喁喁低语之声，如母亲低声哄教自己的孩子，故把这缕泉水称作"语儿泉"。有人在石上题诗曰："夜半听泉声，如与小儿语。语儿儿不知，滴滴皆成雨。"在禅院的诸匾额中，有这样的两块凿刻在平滑的石面上，一曰："一切随缘"；又一曰："过客"。似俗而非俗，似禅理而非禅理，让人看后不禁浮想联翩。

是啊！在生命的漫漫长河里，哪一个不是过客，既是过客，何不一切随缘呢。

山路逶迤情杳然

在武夷山，如果说观奇峰、漂九溪是美的享受，那么在秀丽的大山里逶迤而行，却又别具一番情调了。

离开"虎啸岩"去"一线天"，有一段绵延起伏的山路，会更激起人们的杳然思绪。走在这里，不仅可仰望奇峰，遥观飞瀑，还可欣赏清泉绕谷，苔藓丛绿。这段小路全为奇木怪藤所掩饰，人所能体会到的不是险峻和雄伟，而真正是一个"秀"字。

一路走来，绕山绕水蜿蜒曲折，满眼的老藤纵横，新枝交错，藤缠树树扯滕，道不尽的迷人秀色。置身于此便有一种离世之感。偶尔看到一块茶园，方意识到点点人为的痕迹。阳光穿过疏疏密密的植物网，撒落在涓涓溪水上，如斑斑点点的珍珠，诱得人不得不收住脚步细细地观赏品评一番，否则似对不起这大自然所赐的恩惠。看到这一切，你禁不住想喊，想唱，想说……怪不得山里人有山歌成串，江上人有渔歌唱晚，今日终于理解了。这山，这水，这泉，这石，这古树老藤，哪一个不是一首歌，不是一段情，不蕴含着一个超凡脱俗的神话呢！

畅游在这大山里的不仅我们，还有无数的来自四面八方的游人，但大山却把人们以不同的方式和地域掩藏起来，谁也看不到谁，人们自己也完全融入了大山之中。秀色激发的每一个游人会激情无限，这边你只要舒展情怀喊一嗓子，远处就会马上有人回应，这边你唱一句歌，远处立刻就有人接下一句。就这样唱唱和和，你问我答，幽谷传情，空旷而辽远。本来素不相识，更未曾谋面，但心却有一种无形的默契。我觉得这时，人才是真正回归了自然，既心灵的回归。行为和意识没有半点的做作，语言没有半点修饰，这就是意识的超脱或灵魂的升华吧！

（一）寄语水帘洞

走过一段情景交融的山路，便到达一线天了。首先要进入的是一个大山洞，越往里走道路越窄，渐渐地就只能容一人侧身而行了。这是一个山体断裂而形成的大裂缝，举目望去，上空天如一线。缝内十分潮湿，高处的山泉顺着凹凸不平的石壁缓缓地流下，使得脚下狭窄的小路湿滑难走，人们不得不一面双手抓着鼓突出来的石头，一面用脚摸索着地面徐徐前行。然而就是双手抓那石壁，却也需要勇气和胆量，因为，那石壁上爬着很多我们在别处很难见到的细长的红虫子，头顶上不时飞着被惊起的体型硕大的白蝙蝠，它们发出一阵阵尖利而陌生的叫声，在狭窄潮湿的山缝中越发凌厉刺耳，甚至会使胆小的人毛骨悚然。走过"一线天"，足足用了二十分钟之多，人在石缝中，如走入时间隧道，出洞后似感到冰封了的时间刚刚化开。我感慨 对朋友们说：生命经过千百万年变成猿，二十多分钟猿又变成了人！

水帘洞是武夷山一个著名的自然景观。一听这名字，便会想到那激流飞瀑，飞雪撒玉的美丽景象。心想，虽不是美猴王出世的地方，但有幸一睹其不同也不虚此行。

车在绿树掩映的山路上行了半个多小时，终于到了"水帘洞"所在的山脚下，顾不得石阶陡峭路隘苔滑，无心看远山近景，终于来到神秘的"水帘洞"前。谁知原来与想象的完全不同，然而却又令具一番情趣。此洞位于峡谷之中，洞高一百多米，崖顶巨石斜俯突出，宽大而深广，据说是武夷山最大的山洞。峰顶有两股泉水飞流而下，受山风影响至半空时散作纷纷扬扬的水珠，忽东忽西，时缓时急，乍分乍合，犹如高挂崖顶的两袭水帘，最后落入含碧沉翠的"浴龙池"。泉水至高处砸下来，形成偌大的水花又向四周迸溅，宛如游龙喷雾，煞是壮观。

当地人说，行人如按男左女右绕"浴龙池"一周，瀑布如果撒到谁的身上，谁就可交好运，女可生贵子男可升官发财，引得无数游人纷纷效仿照做。由此，我们便亲眼目睹了一个有趣的故事：一位青年携新婚妻子绕池而行，当那男青年走到飞泉下想多淋点泉水时，想不到那泉水却向别处飘去了。竟然一滴也没落在他身上。他走过去后，泉水又洋洋洒洒地飘落下来，引得围观众人哈哈大笑。 对情侣十分惆怅，游人们也议论纷纷，更显得神秘莫测。

其实只是山风所致，而人们往往爱把期望寄予某种自然现象，岂知自然万物又怎是以人的意志为转移的呢！但是我们又总爱犯同一种错误，从而引出诸多的烦恼。其实，这烦恼正是起自内心。如果现实一点，达观一点，事情就不同了，正所谓事随心变。说到此，也如各种故事和说法，还不是人虚构和杜撰来的吗，有时为何不为自己换一个愿意接受的呢？正如《红楼梦》中贾宝玉所说："别人能杜撰来的我为什么不能。"

说到山洞，游过不少山见过不少洞，唯觉得武夷山的山洞多而有趣。

大小不一的山洞，有的为怪石遮挡，有的被绿树掩藏，有的大洞中有小洞，有的小洞中却有大洞。进洞时，或拾级而上，或顺石阶而下。进得洞来，都会有一个石桌或形为石桌石凳的地方供行人歇息或品味。而这些，无论是人为新设还是天然久远，皆因气候所致而生满厚厚的苔藓，加之洞内泉水叮叮咚咚，人在其中如身处原始之地，使人总有一种拙朴苍凉古韵辽远之感。无论外面多么闷热，洞内依然凉爽宜人。

此情此景，小居于此，便会忘记尘世烦忧，尚能长居于此，还有什么放不下的呢！

（二）茶洞深幽藏美景

去武夷山风景区游览，茶洞是必须去的地方。茶洞又名玉华洞、升仙洞，位于六曲溪的东面。从伏虎岩前的石径登上，内有一道石门，门额上刻有"峥嵘深锁"四个字。入石门穿过石洞，眼前豁然开朗，别有洞天。从洞中放眼望去，可见接笋峰、隐屏峰、玉华峰、清隐峰、天游峰、仙掌峰，以及远在三曲的仙游岩，一派美景尽收眼底。峭壁耸立的危崖，就像一堵堵高大的城墙，把它团团围住，唯一的通路，就是西边的一条岩罅（xia）。人在面积不过六、七亩的洞中，犹如陷入井底一样，抬头仰视，仅见青天一围。正如徐霞客所说的："诸峰上皆峭绝，而下复攒凑，外无磴道，独西通一罅，比天台之明岩更为矫也。"

据说是因为此洞里产茶"甲于武夷"而得名，今洞里依然还有历经沧桑的古茶树。有人说茶洞之奇，并不在于茶，而在于它"峥嵘深锁"的意境。话虽如此说，不过茶洞里的茶确实是好。站在茶洞底部四望，郁郁葱葱，满目皆绿，自低向高逐层望去，老树新枞色调不一。青翠的叶片闪着油亮的光，加之那里独特的地势和湿润的气候，此处无论茶树矮丛，都生长得茂密葱茏，叶片肥厚。更有趣的是茶枝上开着洁白的茶花，在湿热的空气中散发着独特浓郁的香气，站在那一汪绿海里，吮吸着那里的空气，不禁心旷神怡，更觉得神清气爽，不啻人间仙境，养生宝地。

所以，历代都有人在洞内卜筑隐居。如宋刘衡的中隐居，明李钟鼎的煮霞居，清董茂勋的留云书屋和《武夷山志》的编纂者董天工的望仙楼等。这些古老的建筑，至今大都已不见踪迹了，唯有董茂勋的留云书屋旧址还依然保存着。

茶洞最北面，有一仙浴潭，从天游峰顶跌落下的雪花泉就汇集在这里。相传该潭曾有仙女在此沐浴。美丽的景致，孕育了多少美好的传说。正如宋代王安石所说："丹楼碧阁皆时事，只有江山古到今。"

六年前曾游武夷山，今可谓重游此地，为了那"九曲溪"的竹排，为了那山路弯弯因大雨滂沱而未能实现的梦……似觉得这山更有风韵，水更具柔情。

又别了，武夷山。

就用朋友的一首小诗来作这次武夷山之行的结束语吧——

涓涓流水声，啾啾鸟儿鸣，

青青武夷山，悠悠九溪情。